JN109936

天下取

てんかとり

村木嵐

光文社

天下取

てんかとり

人物相関図

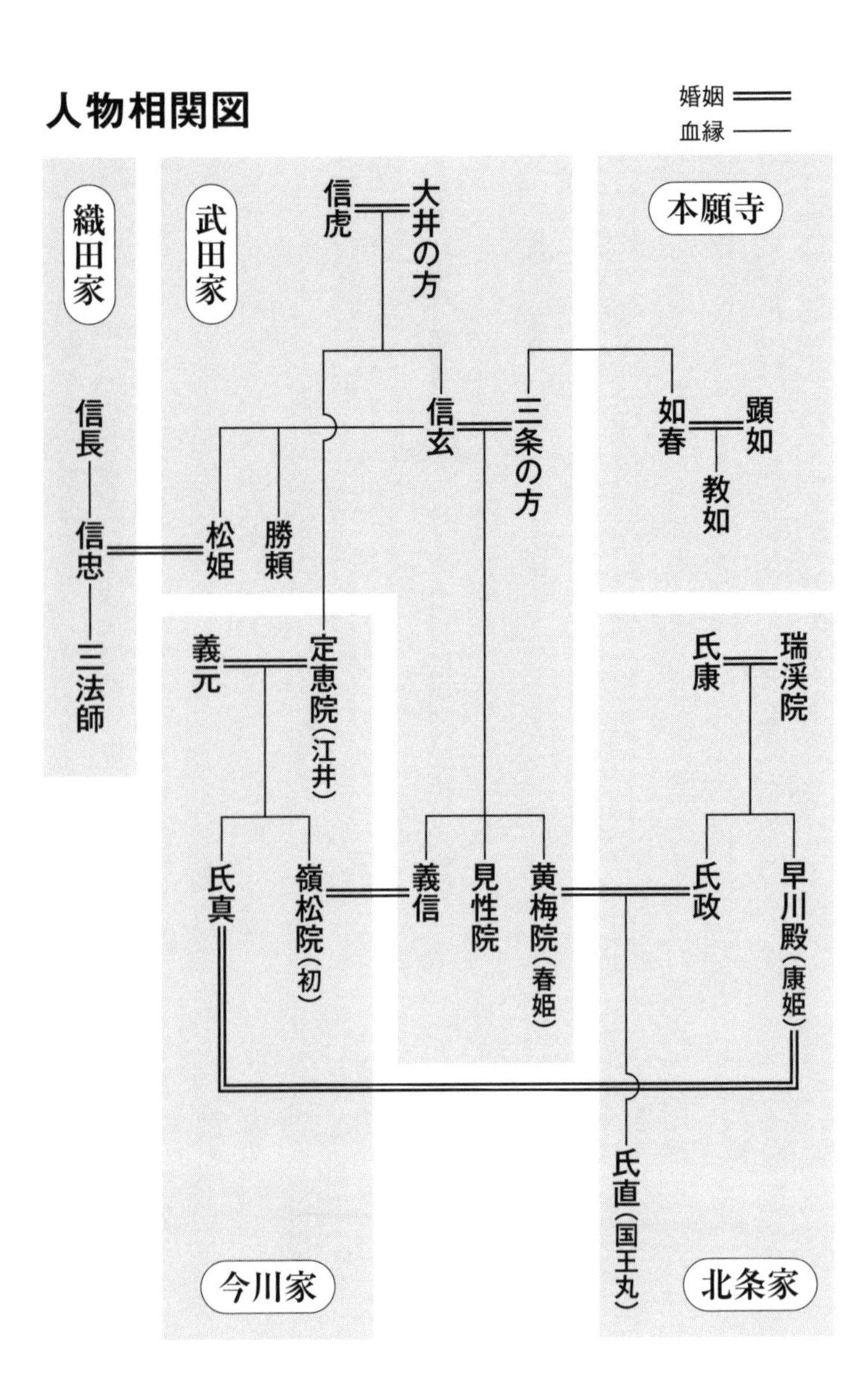

婚姻
血縁
織田家
武田家
本願寺
信虎
大井の方
信玄
三条の方
如春
顕如
教如
信長
信忠
三法師
松姫
勝頼
義元
定恵院（江井）
氏康
瑞渓院
氏真
嶺松院（初）
義信
見性院
黄梅院（春姫）
氏政
早川殿（康姫）
氏直（国王丸）
今川家
北条家

目次

装幀　野中深月
装画・イラスト　大竹彩奈

動かざる

一

永禄十一年（一五六八）師走、三条は夫の武田信玄とともに甲府を出て身延山道を下っていた。

信玄は馬で総勢一万の軍を率いているが、三条だけは大仰な輿に乗っている。少しでも行軍の足を鈍らせたいと考えてのことだが、しょせん一日二日しか変わらないだろう。ただ、途中で娘の春姫と行き会うはずだから、信玄との対面の場にいたかった。

この秋、信玄は駿河の今川家を攻めることに決め、雪に閉ざされる前に先鋒軍を出立させた。後を追う本軍が合流するまではせいぜい小競り合いしか起こらないはずだが、今川家ではさぞ驚いたことだろう。なにしろ武田と今川、それに相模の北条家が互いの嫡男と姫を娶せてもう十五年近くになる。これまで甲相駿の三家は、その縁組に歩を合わせて深い誼を通じてきたのである。

北条家には当主氏政に春姫が嫁ぎ、信玄の嫡男だった義信には今川義元の姫が嫁していた。義元の嫡男、氏真には北条家の姫が嫁ぐという念の入った盟約だった。

それを突如破ると決めた信玄だが、三条が輿から見上げると、さして迷いもない様子であっさりと馬を進めている。この行軍が三家にどんなさざ波を起こすか、まるで他人事といった顔つきだ。

さしあたりいくさになるのは武田と今川で、北条家がどう出るかはまだ分からない。このところ険悪だった武田と今川のあいだを北条家が取り持ったのは一年前だが、北条がどうやら今川方につくと知らせが来たのはほんの数日前だった。

そうして古府中の躑躅ヶ崎館を出て二日目、八日市へ入る手前で、ちょうど身延山道を上ってきた春姫の一行と出くわした。

春姫は粗末な駕籠に乗せられており、こちらに気づいてふらつく足で駕籠を降りた。

軍勢には不釣り合いな女の輿に、春姫は寸の間、怪訝そうな顔をした。だがそこから三条が顔を出すと、わずかに安堵の色が広がった。

「母上様……」

か細い声で眉をひそめ、信玄の前に進み出て丁寧に頭を下げた。

信玄はこれまで見たこともないきまりの悪そうな顔で馬を下りた。

春姫は信玄がそれは可愛がっていた一の姫で、北条家へ嫁がせたのは十一のときだった。どうか夫婦仲良くと頼み込んで送り出したものを自らぶち壊しにして、一体どんな言葉をかけるつもりでいるのだろう。

三条は我ながら意地が悪いと思いつつ信玄のそばまで行った。夫とはもう長い間、ろくに口をきいておらず、こうして親子三人で会うのは春姫を小田原へ送り出したとき以来である。

「春姫。此度は」

案の定、信玄は口ごもった。

いっぽうの春姫は、気遣いは無用とでもいうように大人しく首を振っている。昔から聞き分けのよい、気性の優しい姫だった。

苦々しく思って振り向くと、信玄は涙を浮かべている。そのまま詫びでも口にするつもりだろうか。

「嫁して何年になる」

「十四年でございました」

「子は……。嫡男はたしか国王丸と申したか」

「男が四人、女が二人。末の姫は昨年、生まれたばかりでございました」

せめてその姫は連れ帰ったかと思えば、駕籠には誰もいない。

「子はすべて置いてきたのか」

春姫はこっくりと、頼りなく首をうなずかせた。春姫と夫の氏政は、諸国まで聞こえるほど仲睦まじい夫婦だった。

「まさか、おめおめと帰って来るとはな。国王丸とて元服を済ませておらぬのであろう。そなたがおらねば家督を継げるかは分からぬぞ」

「そのようなことは、考えるいとまもございませんでした」

らしからぬ強い口調で春姫は言った。

「なにしろ寝耳に水でございましたので」

厭味のように付け足して、信玄をたじろがせている。

「そうか。ならば儂はもう行かねばならぬゆえ」

信玄が助けを求めるようにこちらを向いたが、三条は冷たく顔を背けた。

春姫はきっぱりと、もう一度頭を下げた。早く行けと促しているようだった。

「では三条、春姫を頼んだぞ」

信玄が馬を出し、軍勢はゆっくりと進み始めた。八日市は素通りに、先を急ぐつもりなのだろう。

「春姫、話は道々」

言い置いて三条は信玄を追った。

「殿」

信玄の背がびくりと震え、おそるおそる三条を振り向いた。

「殿、私もでございます。私も、春姫は戻って来ぬと思うておりました」

三条は信玄の馬の手綱をつかんだ。

「春姫はなにゆえ甲斐に戻って参ったのでしょう。たとえ春姫が帰ると申しても、氏政殿がお止めになるとばかり、私は」

信玄の進軍ですぐ武田と北条がいくさになるはずはないから、春姫が帰ると知らせがあっても三条は半信半疑だったのだ。

「そのわけを、氏政殿にお会いになりました折には」

「三条。儂はいくさに行くのだぞ」

信玄は三条から目をそらし、ぼんやりと空を見上げた。

まだ甲斐に近い空は厚い雪雲に覆われている。冬になれば信玄がいくさに出るのは毎年のことだが、ひとたび甲斐を出れば次は雪解けまで戻って来ない。

「しかし、三条はもう儂とは口をきいてくれぬものと思うておった」

「いくさに参られるというのに、まさかそのままお別れは致しませぬ」

「……有難い心遣いじゃの」

信玄は情けなさそうに微笑（ほほえ）んだ。

「どうぞご油断ありませぬよう。武運長久をお祈りいたしております」

信玄は口元を緩めかけて、思い直したように唇を引き結んだ。かたじけないことだと一言つぶやくと、ゆっくりと街道を下って行った。


甲斐の武田、相模の北条、駿河の今川が盟約を結んだのは天文（てんぶん）二十三年（一五五四）春のことだった。それからの十四年、信玄は越後（えちご）の上杉謙信（うえすぎけんしん）と信濃国川中島（しなののくにかわなかじま）でいくさを繰り返していたが、何度攻めても思うにまかせず、信濃の支配も押され気味だった。甲斐には海がなく、南は駿河や相模に阻まれて水運を確保できないとなれば、信濃を北上して越後を手に入れるしかなかったのである。

謙信相手に手をこまぬいていたところへ桶狭間の戦いで義元が横死を遂げ、そのときから信玄は、越後よりは駿河に向かおうと考え直したらしい。何かとこじつけては今川をないがしろにする振る舞いを繰り返し、それが嫡男、義信とのあいだにもさざ波を立てていった。義信の妻は義元の姫で、二人もまたとても仲睦まじかったからだ。

昨年、北条が仲介役となって両家は盟約を確かめ合ったが、信玄は一年も経たないうちに約定を破り、北条の面目まで丸潰しにした。

「声が出るようで安堵しました」

春姫が黙って駕籠に戻ろうとするので、三条はそう声をかけた。二人は信玄と分かれて甲府へ帰るが、春姫はさすがに目を腫らして痛々しい。

「覚えていますか。そなたは小田原へ嫁ぐとき、声が出ぬようになったのですよ」

それまでいくさの続いていた北条へ十一歳で嫁ぐことになり、驚いたあまりに春姫は口がきけなくなった。生まれつき線の細い姫だったから、三月後に甲府を出るときもまだ声はかすれていて、三条は縁組を取りやめたいとまで思ったものだ。

「母上様はあの折も、ちょうどこの八日市まで送ってくださいました」

あれと逆の道を行くのですねと、春姫は寂しげに微笑んだ。

「声ならば、小田原へ着いてじきに戻りました」

嫁いですぐ春姫から届いた文には、夫の氏政も舅の氏康も大切にしてくれると書かれてあった。

　文はそれからも折あるごとに届き、使者の口上からも新しい夫婦の気の合うさまが伝わって、三条は心底ほっとしたのだった。

「氏政殿とそなたは前世からの夫婦のようだと、殿と嬉しく聞いておりました」

「小田原では義父上もそれはお優しゅうしてくださいましたゆえ」

　春姫はそれ以上の話を拒むように駕籠に乗り込んだ。

　北条家では前当主の氏康が今も厳然とした力を持っている。だが春姫はその舅にも可愛がられ、春姫のために氏康は家督を譲る気になったとさえ言われていた。

　だというのに此度はその氏康が信玄に腹を立て、氏政にも有無を言わせず春姫を送り返してしまったらしい。氏政は信玄の襲来に備えて取るものも取りあえず駿河との国境へ出立していたから、十分に話すこともできずに別れてしまったのだ。

「のう、春姫。国王丸はどうなるのであろう」

　三条は引き戸が閉ざされても離れがたかった。

「大事ないと存じます。義父上は、私のような母がおっては国王丸の障りになると仰せになりました」

　春姫さえいなければ国王丸はこれまで通り、北条家の嫡男でいられるのだ。

「そなた、それゆえ戻ったのですか」

　三条には苦い記憶がよみがえったが、駕籠の中から返事はなかった。

その夜は鰍沢の宿に入り、母子で一つの座敷に布団を延べさせた。

「そなたが嫁ぐ前の晩もこうして寝んだものでした。覚えていますか」

「はい。私はまだ小さな声しか出ず、母上は、小田原で私が励めばすぐに治ると仰せになりました」

春姫は布団の下で体を動かし、涙を拭っていた。

三条はそっと反対側を向いた。

「私が京から嫁いできたときは、武田の義父上様と折り合いが悪うてな。殿にたびたび矢面に立っていただいたものでした」

三条は五摂家に次ぐ清華家の生まれで、姉は管領の細川家に、妹は本願寺十一世の顕如に嫁いでいる。

「義父上は公家育ちもお気に召さなかったようであった」

「お祖父様が母上に辛う当たられたとは初耳でございます」

「誰にも話したことはない。そなたが生まれたときはもう義父上はおられなかったゆえ、知らぬであろう」

信玄の父、信虎はいくさ巧者だったが、そのぶん領内に重税を課して反発も強かった。そのため信玄が追放し、今川家に流寓させたが、義元の死後は京で将軍家の相伴衆になったと聞く。

「あれでそなたの父上はなかなかお心の細やかなところがおありです」

「父上は、母上が長く口をきいてくださらなかったと仰せでしたね。それはやはり兄上の一件からでございますか」

春姫はさすがに信玄を庇う話は聞きたくないようだった。わざと、どうしようもない信玄の罪を持ち出した。

三条が信玄と不和だったのはここ一年余りだろうか。もちろん春姫の兄、義信のことがあったからだ。

「父上は万巻の書をお読みになり、出家までなされて求道を気取っておられます。ですが論語をお読みにならぬゆえ、親子の情はお知りあそばさぬ。それがためお祖父様にあのような鬼の振舞いもなされたと、兄上が申しておられました」

「孝養を知らぬと申すならば、義信こそがそうであったろう」

三条は思い切って春姫のほうを向いた。春姫は目を開いて天井を見つめていた。

「そなたが甲斐におったのは十一まではないか。幼い日の仄聞でそのように申しては父上がお気の毒じゃ」

夫を庇うつもりなど、とりわけ今はまったくない三条だが、論語を読まぬせいだと言われてはさすがに気が引ける。

「春姫、古いことだが」

「母上もお辛うございましたでしょう。私のことはもう、考えても詮無いことでございますゆえ」

春姫が床の中で背を向け、三条はため息を呑み込んだ。

信玄の嫡男、義信は昨年の秋に自刃した。男で三十という歳では三条が関わることができないのも当たり前だったが、義信はその配下が信玄に謀反を企てたとして幽閉されていた。許しが出ぬままに一年が経ち、昨年の十月に自ら腹を切ったのだ。

きっかけは近臣の謀反だったが、信玄が今川との縁を絶っていったほうが先だった。義信の妻は今川から来ていたのに、あえて今川と敵対する織田と結び、家督を継がせると囁かれ始めていた異母弟、勝頼の正室に信長の娘を据えたのだ。

それが義信の憤りを爆ぜさせ、配下は謀反を画策した。そして事が露見して義信は廃嫡され、自ら死を選んだ。

――父上は祖父上を追放して家督を簒奪なさった御方ゆえ、都合の悪い縁を持つ駒はお捨てになるのよ。

跡目を勝頼に変えられてからの義信は父を激しく憎み、三条が何を言おうと聞く耳を持たなかった。信玄はもとから口数が少なく、満足にうなずきも首を振りもしない質だから、義信が心を閉ざすと、自らは説いて聞かせることを一切しなかった。

いっぽうの義信は走り出すと止まらぬ馬のようなところがあり、ついに父子はこじれたままで終わってしまった。

三条は思い出して枕の上で首を振った。馬とは、我ながら厭なたとえを持ち出したものだと思った。

「春姫。もう眠りましたか」

「いいえ、母上」

春姫は素直に返事をよこす。三条は己の胸をさすり、大きくゆっくりと息を吸った。

義信の死は信玄が命じたという者もあったが、さすがにそれは真実ではない。だが三条や春姫にしてみれば信玄のせいで義信が死んだことには変わりがなく、あれ以来、三条はまっすぐに信玄の顔を見ることができなくなった。

——竜芳が盲目というのも父上の悪行のせいでございましょう。

義信が幽閉されている寺まで会いに行ったとき、三条はそんなことまで言われた。竜芳は三条の生んだ次男で生まれつき目が見えず、信玄が仏門に入れていたのである。

三条は義信が猛るのを止めることができず、いつからか奔馬を見ているような気がした。ときにはそれが舅の信虎に重なって、三条はいつも顔を背けるようにして帰ってしまった。

そうして足が遠のいているときに義信は腹を切ったのだが、三条も信玄もまさかそこまで苛立っているとは気づかなかった。

「春姫、義信のことだが」

「もう今宵は。お許しくださいませ、母上」

春姫は消え入るような声で、固く目を閉じた。

信玄が今川と袂を分かったせいで義信は死に、春姫は北条家の暮らしを捨てることになった。古い話を持ち出せば、信玄は自らの妹の嫁ぎ先を攻め、その夫と子を切腹させたこともある。

信玄という男は自らの父を追放し、息子や妹の家族を殺し、今はまた娘の人生を一変させた。

甲相駿の三家が十四年かけて作った同盟関係を根底から覆したのだ。

いっぽうで信玄は織田との誼をさらに強めるため、末の松姫を織田の嫡男のもとへ嫁がせると決めた。だがこれもいつまで保つのか、信玄の考え次第で一寸先のことは分からない。

武田家は信玄が天下を取るために踏みつけにされた人々の集まりだ。

――京へは儂がいつか三条を連れて行ってやる。何年かかろうときっと叶えてやるゆえ、京へ戻るなどと言わんでくれ。

今でもそのために信玄が働いているとは思わない。だがそれを覚えていなければ、三条は己が信玄を殺めてしまいそうで恐ろしかった。


春姫が戻って半年が過ぎた頃、出陣していた信玄が甲府へ帰って来た。駿河では峠道を固めた今川氏真の軍勢をいっきに蹴散らし、そのまま府中になだれ込んで今川館に火をかけたという。だがその後は氏政の援軍と三ヶ月も対陣することになり、睨み合いのまま春が来て、退路を断たれる前に甲斐へ引き揚げてきたのである。

信玄が躑躅ヶ崎館に入ったとき春姫はすでに気鬱の病が長引いて、体を起こせぬほどに弱っていた。もちろん信玄はかける言葉も見つけられず、見舞いに訪れても立って見下ろしているだけだった。

六月に入ると春姫は床の中でとろとろと眠る日が多くなり、医師ももう手立てはないと言い始めた。春先からろくに食べもせず、つい風邪をこじらせたかと思うと、見る間に一回り二回りと痩せていった。なにより本人に生きる意欲がないのだから、無理に食べさせても戻すようになってしまっていた。

「これからの甲斐はよい時節ですよ」

三条は毎日、春姫の傍らに座って話しかけた。ついこのあいだまでは縁側の先に最後の雪溜まりが残っていたが、その影を探すこともできないほど甲斐はいっきに夏を迎えていた。

「暑くはありませぬか」

三条は団扇で小さな風を送ってみた。

「母上も看病はほどほどになさってくださいませ」

聞こえてはいるらしく、春姫はたまに目を細く開けることもあった。

「生きていれば世の風向きでまた小田原へ戻る日も来るかもしれぬ。そなたが国王丸たちを待っていてやらないでどうするのです」

すると春姫は健気に笑みを浮かべた。

「母上、小田原の春はうららかでございました。今のすべてを足しましても、私は仕合わせでございました」

「北条の方々は良くしてくださったのですね」

「氏政殿は一度も私の悲しむことはなさいませんでしたゆえ」

言ってから春姫は小さく詫びた。信玄には側室があり、その生んだ勝頼が跡目に決まったから、そのことを気遣ったのだろう。

「母上がなぜあれほどまで父上を許しておられるのか、私は不思議でなりませぬ」

「夫婦とはそのようなものではないか」

義信の死も春姫の不仕合わせも信玄のせいだ。だが義信が死んだときでさえ、三条と信玄の仲は冷え切ったわけではなかった。なにも、戦国だから仕方がないと三条が諦めたからではない。

「父上はそなたたちが思うほど酷(ひど)い御方ではありませぬ」

「私も……、このようなことになっても、父上は立派な方だと思っております」

そのとき三条はもう、何もかも話してしまいたくなった。

義信もおらぬ今なら信虎のことを話してもかまわない。そうすれば春姫のわだかまりも解けるかもしれない。

「春姫……」

「父上はお祖父様を追い出されたと、世間では悪逆非道のように申します。ですが私は小田原におりましたとき、そのことで肩身の狭い思いは一度もいたしませんでした」

「まこと北条の方々は有難かったことじゃ。ならばきっと国王丸のこともよしなに取り計ろうてくださいましょう」

春姫は力強くうなずいた。うららかな春の国の人々なら、春姫の生んだ国王丸に家督を継がせてくれるに違いない。

「北条家にはお祖父様のことは、多分この武田よりも多く伝わっておりました」

氏政の姉、康姫(やすひめ)は今川氏真の正室だったから、文や使者の行き来が絶えなかったという。

「康姫はお心こまやかな方で、私のことも慮ってくださったのでしょう。お祖父様の消息にあわせて、甲斐の父上から斯く斯くの品が届いたとよく知らせてくださいました」

世間とはほんの一面しか見ておらぬものだと、舅の氏康も機嫌良く話していたという。

信玄に国境を封じられた信虎は、今川義元に嫁していた娘を頼り、駿河へ入った。そのため信玄は今川家に隠居料を届け、給地を与え、暮らし向きだけは三十年近くも面倒を見ている。

かといって不孝者と呼ばれることには一切言い訳をせず、いまだにこの件では信玄の分が悪い。

「義父上様は、わがお祖父様の人柄を、今川家を通して聞き知っておられたのだと存じます」

そのとき春姫はぱっと大きく目を見開いた。

「もしやお祖父様は、母上にも何かなさいましたか」

「なぜそのようなことを申すのです」

「お祖父様は幾度か、侍女を手討ちになさったと聞きました。それも些細なことで」

三条は春姫を見下ろした。かすかな熱が続いているせいか、潤んで清らかな目をしている。

「父上は八日市でそなたに、帰って来ぬと思っていたと仰せになった」

春姫は黙ってうなずく。

「酷い言葉であったな」

春姫は柔らかく微笑んで首を振った。

「私は己ですべてを諦めたゆえ戻ってまいりました。あのまま小田原にいたければ、己の首に刃をかざし、死んでも帰らぬと申せば良かっただけのこと」

春姫の姑がかつてそうしたことがあるとは、春姫が文で書き記して来たことだ。六人もの子をなした春姫なら、同じようにしてもおかしくはなかった。

「姫、なにゆえ父上がこのような道を選ばれたかと申せば」

三条はもう聞かせようと思った。

だが春姫は笑って首を振った。

「どうか私を不憫と思し召されませぬよう。私のことで父上をお憎みあそばすのは筋違いでございます」

春姫は大きく息をつき、力をふりしぼるようにして腕を伸ばしてきた。三条は気圧されたようにその手を握りしめた。

二

天文五年（一五三六）、三条は京から甲斐へ嫁いで来た。信玄とは互いに十六どうしで、三条が京を出たのはそのときが初めてだった。

信玄は父の信虎にことごとく反発し、嫡男だが家督を譲られるかは定かでないと縁談があったときから聞いていた。信玄は気難しく可愛げがなく、信虎は妻ともども、弟の信繁に家督を譲りたがっているという。とはいえ甲斐の守護にすぎない武田家は嫡男の嫁に京の高貴な家柄を望み、すべて京風でかまわぬと言って三条を迎えた。

甲斐へ来てすぐの頃は三条にとっては舅の信虎のほうが親しみやすく、躑躅ヶ崎館に入ったとき真っ先に手を取って中を案内してくれたのも信虎だった。目鼻のすっきりした涼しげな顔立ちで、ときおり雉か猿のような声で糸切り歯をむき出しにして笑うほかは、春の水面のようにのどかで、とてもいくさに血を滾らせるとは思えぬ人だった。

信虎は始終、ころころとよく笑い、信玄のことも言葉が足らぬ奴だとからかって、散々困らされてきたのだと首の後ろを掻いてみせた。信玄はそんな父を遠巻きにして、ときどき苦虫を嚙み潰したような顔をして三条たちを無言で眺めていた。

秋になり初霜が降りた朝、信虎は廊下に出た三条の足下を見て眉をひそめた。なぜ足袋をはかぬと問われたが、公家育ちの三条はこれまで足袋をはいたことがなかった。

「京ではそれもよかろうが、甲斐の寒さは格別じゃぞ。そのようなことでは子が生めぬ」

信虎は三条を手招きしたかと思うと、傍らへ来た三条の片方の膝をいきなりひょいと持ち上げた。

あっと叫んで三条は尻餅をついた。

それを見て信虎は獣じみた声を上げて笑った。だから足袋をはけと申したであろうと、質の悪い冗談を浴びせた。

三条を見下ろしている信虎は虫の羽でも毟ろうとする童のようで、まだ驚いて呆然と見返している三条に、糸切り歯を剝き出しにしたまま背を向けた。

「貧しい京の公家が、気位ばかりは高うてな」

後ろ向きにぽんと何かを投げてよこしたかと思うと、真っ白い女ものの足袋が頭上から降ってきた。

あわてて拾っていると奥から信玄が姿を見せた。

「父上、いいかげんになされませ」

信虎が肩をすくめて走り去り、信玄はそっと三条を助け起こした。

「たまにあのような奇矯（ききょう）をなさる。だが儂のように白けた顔をすれば嫌われるばかりじゃ。今のことは忘れて、何も構えず接するのが唯一らしい」

信玄は、信虎の振る舞いには慣れるほかないと言った。自身も弟の信繁からそう教わったのだという。

それからも信虎には時折肝を冷やされることがあったが、常はこれまでと変わらず、優しく気配りをしてくれる舅だった。多少からかいが過ぎ、大雑把なところはあったが、それがいくさに強い秘訣（ひけつ）かもしれず、高名な信虎には妙な癖もあるのだろうと思うことにしていた。

嫁いで来た明くる年、三条はさっそく懐妊の兆しがあった。もう冬ともなれば三条は必ず足袋をはくようになり、身重になってからは転ばされてはたまらぬので夏でも足袋をはいていた。

「どうも足裏が冷たいようでございます」

信虎の目が足下に向いているようなときは、先回りしてそんな言葉がするりと口から出るようにもなった。

だが産み月が近づくにつれ、三条は食が細くなっていった。信虎はもう腹の子は男子と決めて、嫡男と言って憚らず、信玄はひそかに三条を気遣っていた。それでも三条にはどうやら男子だという予感があり、信虎の言葉はにこやかに受け流すことができた。

「三条には強い跡取りを産んでもらわねばな。吐くほどに食わねばなるまいぞ」

大皿に料理を用意させ、ともに食おうと三条の居室へやって来たことがある。信虎は万事、思いつきで動く気性で、それに慣れてしまえば、あわせるのもそれほど苦ではなかった。

「京の公家衆はこのような皿へ、皆で箸を伸ばすことはせぬかのう」

おずおずと料理を下げさせようか迷っているのが子供のようで、ちらりと目をやると鮮魚の赤い切り身が白磁の皿に美しく並べられていた。

三条は京では刺身というものを食べ付けたことがなく、甲斐に来て知ったものの一つだった。滋養によく、胸にももたれず、なかなか食べ易い。箸を伸ばしてみるといつもよりも美味で、三条は久しぶりに満足に固いものを口に入れた気がした。

「そうじゃそうじゃ、残さず食うてくれよ。腹の子は武田の跡目じゃ。腹の子のために平らげてくれれば、儂も用意させた甲斐があったというものじゃ」

信虎は有頂天になって隣で盃を傾けている。ときどき目を細めて、三条が箸を運ぶのを嬉しそうに眺めた。

「儂の包丁人にの、煮こごりも作らせたのじゃ。たいそう身になると申しおったが、どうにも透き通らせるのが難しいそうでな」

淡青の菊花の皿に、赤児の握り拳ほどの丸い煮こごりが三つ並べられていた。一つは人参や大葉が中に入り、濁りがあって馴染(なじ)みのものだ。

「上手(うま)くできたのはたった二つじゃと申しおっての」

信虎は肩を落としてため息をつき、不出来だという人参の入った煮こごりを口に放り込んだ。

「美しゅう仕上がったものは三条にの。食うてやってくれるかの」

すまぬすまぬと料理人の不手際を詫びつつ、信虎は皿を差し出した。

清らかな澄んだ青紫色で、まるで真珠のように丹念に丸く整えられている。箸を伸ばすと外側に柔らかく箸が潜り込み、中央の芯でどうにか抓(つま)み上げることができた。

「さあ、味はどうであろうな」

子が母の顔色を窺(うかが)うように、信虎はぎこちなく見つめている。

三条は畏(かしこ)まって一つ目を口に入れた。とろりと溶けて、中央に種のような芯がある。

問い返すように信虎を見ると、そのまま呑んでしまえと目顔を送る。

「ようやく今朝方、作ることができたと申しおったのじゃが」

信虎は微笑んで、残る一つも勧めてくる。種をよく噛み、口中で溶かすのが良いという。

しばらくかかって三条は二つ目も食べ終えた。

そのとき信虎はぱっと輝くような笑みを浮かべた。

「どうじゃ、どのような味であった」

正直に言えば少し生臭く、なにか草のようでもあった。

「そうか、さもあろう。彼奴(きゃつ)ら、草しか食べぬのじゃから」

「まあ義父上、草などと」

三条が微笑んだとき、信虎は大根葉の煮浸しを器から抓み上げた。

「これなど、まさに草ではないか」

今、調理場には春菊や水菜の類いが山と積まれ、信虎は夕餉のたびに葉ばかりだと文句を言っている。

ずいぶんと箸が進み、二人でおおかた食べ終えたときだった。

「良かった良かった。晴信よりの心づくしの品じゃ。腹の子もさぞ喜んでおるであろう」

「わが殿の？」

信玄はここ三日ばかり信濃の支城へ出かけている。今日あたり帰って来るところだが、先に届けさせたのだろうか。

首をかしげたとき、ちょうど館の大手門で信玄たちの戻る気配があった。

「ああ、出ずともよい。すぐに入って来おるわ」

信虎は足を投げ出して座り、目をとろんとさせて膨らんだ腹を撫でている。

さすがに三条はそうもしておられず、立ち上がろうとした。だが信虎が手で制す。食べてすぐ立てば腹の子に障るというのだ。

やがて信玄が足を踏みならして入って来た。

「父上、鹿毛はどこにおりまする。置いてゆけと申されるゆえ別の馬でまいりましたが、やはりそれがしは彼奴が走りやすい」

鹿毛は信玄の気に入りの馬だ。まだ仔馬の時分から信玄が目をかけて育て、元服してからこちら、信玄は別の馬でいくさ場へ出たことはない。

「ちょうど良かった。おぬしの馬ならここにおるわ」

信虎はふんぞり返って、顎で大皿をしゃくった。

ぼんやりと食膳を見下ろしていた信玄が、あっと目を大きく見開いた。

「おうよ。たった今、三条と食しておったところじゃ。美味いぞ、おぬしも食わぬか」

三条は息を呑んで後ずさった。その刹那に袖で膳を引っかけ、大皿が音をたてて畳の上に転がった。

赤い肉の残りが血だまりのように散らばった。

「三条がの、嫡男を生むというのに精を付けねばならぬであろう。京の公家は生臭など口に入れぬと言うではないか。儂は案じられてならなんだのじゃ。わが武田の跡取りが白塗りにでもなれば一大事よ」

信虎は腹をぽんぽんと叩き、これ見よがしに楊枝を使い始めた。

「おぬしが精魂こめて大きゅうしただけあって、得も言われず肉が締まっておった。のう、三条」

いっきに胸の奥で血合いが跳ねた。

馬の雄々しい蹄が、三条の腹を力任せに蹴りつけてくる。腹の底がふつふつと沸き返り、皮膚が粟立つ。

「三条はの、鹿毛の目玉を呑んでしもうた」

息が止まり、三条は襟元を押さえた。

信玄が駆け寄ってくる。だが目が回って、手を伸ばしても届かない。

猿のような甲高い笑い声が座敷に響いた。

「さぞや立派な男子が生まれるであろう。あの鹿毛を食ろうた母から生まれる子じゃ。きっと足も速いわのう」

信虎の剝き出しの糸切り歯が馬に見える。鹿毛の血が膜を張り、恨みで腹の子にまとわりつく。

「三条、ゆっくりと息を吸え」

信玄が覆いかぶさって信虎の歯から三条を守る。だが三条は嘔吐(えず)きを堪(こら)えるのに懸命で、後のことは分からなくなった。


優しい義父だった。信虎は三条に鹿毛を食わせたことなどすっかり忘れて、ただ無心に、生まれた赤児を可愛がった。

義信は幼名を太郎(たろう)といったが、信虎は元服すれば義信にすると決めて、赤児の時分からそう呼んでいた。

「儂も歳じゃ。こやつが元服するまでとても生きてはおるまいからの」

ならば今すぐそうしてやろうかと閨(ねや)で囁いていることなど、信玄たちはおくびにも出さない。

なにしろ信虎は一日で三十六もの城を落とすほどの武将なのだ。

「父上め、己の悪逆のせいで甲斐が荒れておると気づかぬのか」

天子の政が悪ければ天変地異を呼び、地が乱れるというのが天人相関の教えだ。信虎は天子ではないが、領国の甲斐ではこのところ不作が続き、秋には大風雨があって稲穂という稲穂が倒れてしまった。

「代替わりの徳政でも出してやれば百姓どもの暮らしも少しは潤うのだがな」

蒸す夜など、信玄は畳の上にごろりと横になってよくそんな焦りを口にした。

三条はそばへ行って膝枕に載せ、信玄の話を聞いた。

「父上は己でも度しがたい狂気を宿しておられる。あの不気味な振る舞いも、翌日にはなにごとも覚えておられぬらしい」

信玄の馬を潰したときも、信虎は明くる日にはあっけらかんと三条の背を撫でてきた。

——三条は吐いたそうではないか。腹の子には障っておらぬか。

心底案じる顔で覗き込んだので、ぎゃっと飛び退った三条のほうが侍女たちから冷ややかな目を向けられた。信虎はすっかり鹿毛のことは忘れて、わずかも詫びるような素振りはなかった。

「それがいったん激すれば、昔の己の振る舞いまで思い出すというのはどういうわけであろう。まるで別の、もう一人の父上がおるようではないか」

信虎が二人いるなら話は早いが、そうでないから用心が要った。三条はどうしても鹿毛を食わされたことが頭から抜けず、それでも少しずつ日は過ぎていった。

大風雨の時節も行き、甲斐に雪が降り始めたときだった。年が明ければ四歳になる義信は言葉の遅い子で、滅多に口をきかぬので信玄と三条はずいぶんと気を揉（も）んでいた。だが話せぬわけではなく、傅役（もりやく）や小者とは楽しそうに笑っているのをよく見かけた。

信虎の膝に抱えられているときも義信はいつも機嫌よくしていた。それが父母の前に出ると、とたんに黙ってしまうのだ。

三条はいつものように朝、義信を連れて館を出、庭を巡っていた。義信はとことこと歩いたり走ったりして、やがて厩（うまや）の前で足を止めた。

「母上、この馬の色はなんと申します」

いきなり厭なことを尋ねるものだと身体がこわばりかけた。

鹿の毛色に似て艶やかに光り、馬好きの信玄らしく名馬がそろっている。義信が指をさしたのは、たてがみと足先が際立って黒い一頭だった。

「これは黒鹿毛（くろかげ）と申すのですよ、太郎」

「なんだ、鹿毛ではないのですか」

「父上様は馬には名を付けず、毛並みで呼ばれますね」

義信は、ふうんと得心したようにうなずいた。

「鹿毛はたいそう美味いそうですね」

ぞくりと背筋が凍えた。義信は屈託なくこちらに手を伸ばしてくる。

「赤児を無事に授かるには、鹿毛を潰して血をすするのでしょう」

「今、何と申しました」

「母上の食べた鹿毛は美味しゅうございましたか」

義信は三条の着物をつかんで立っている。こちらを見上げてにやりと笑ったとき、大きな糸切り歯が白く光った。

「私はどうしても、己に馬の血が流れているようで気味が悪くてたまらぬのです。でも」

「誰が、そのようなことを」

「でも母上が生き馬の目を食べたゆえ、私は強い武将になれるのですね」

「太郎！」

義信は得意げに、にいっと笑い返してきた。

「私のためになさったことゆえ、恨んでは罰が当たるとお祖父様が申されました」

――のう義信。そなたの母御は、これの母馬を食べてしもうたのじゃぞ。目玉の蕩けようは格別だとな。

三条はぐらりと体が傾いて、義信の手を払いのけようとした。だがそのまま目の前が暗くなり、義信の泣き声も遠ざかって聞こえなくなった。


梅雨が明けると信虎はいそいそと旅支度を始めた。義元に嫁した娘を訪ねるためで、信虎は江井というその姫をたいそう可愛がっていた。

江井は信玄にとって姉にあたり、義信が生まれたのとちょうど同じ年に嫡男を挙げていた。だから信虎は義信が育つのを見るにつけ、会いたくてたまらなくなったらしい。

「しばし、甲斐を空けてもよいかのう」

ここはぐっと、顔に出してはならぬと信玄は眉をひそめた。

「なりませぬ。父上に躑躅ヶ崎を空けられては、甲斐の守りは如何なります」

冬まで待ってほしいと信玄は慇懃に頭を下げた。雪が降れば他国との間に高い壁ができ、甲斐はどれほどざわめいていようが、いくさを仕掛けられることはない。

「そうは申すが義信を見よ。日一日と大きくなるではないか。龍王丸は今が盛りの愛くるしさじゃと、江井が文に書いておるわ」

江井は表も裏もなく父思いの姫だった。

信玄は呆れたようにため息をついてみせ、ならばできるだけ早うお戻りをと言ってやった。

そうしてようやくの信虎の出立である。

――どうか三条、帰るなどと申さんでくれ。太郎を母なし子にするつもりか。

――私がそばにおるほうが太郎の為になりませぬ。このまま馬を食ろうた母の子などと言われては。

床に入っては泣く三条を、信玄は根気強くなだめ続けた。そうも泣けば目が腫れる、信虎にも勘づかれると諭されて、明け方に無理に涙を押し止めるのが毎晩のことだった。

――きっといつか、そなたの気の済むようにしてやる。儂が強うなって、父上には始末をつける。だから信じて今しばらく待ってくれ。

あれから半年、ようやくそのときがやって来た。べつに謀ったわけではないが、江井からは頻繁に文が届き、そのたびに信虎はそわそわと尻を浮かせるようになった。信玄にも焦らされ続けて、この雨が止み次第ということで、ついに旅立ったのだ。

信虎の一行が身延山道の先に見えなくなると、信玄は即座に動いた。東海道側の国境に残らず軍勢を出し、誰一人通してはならぬと厳しく命じた。

「それはしかし、信虎様がお戻りになるまででございますか」

「信虎様は甲斐追放と相成った。武田家の家督は晴信様がお継ぎあそばされた」

信玄の配下たちは関所ごとにそう告げて回った。

身延山道を下る信虎たちに噂が届くよりも先に、信玄の使者は一行を追い抜いて今川に向かった。

「おい、待て。なにごとじゃ。ここにおわすは信虎様ぞ」

供侍が騎馬の背に呼びかけたが、一団は風のごとくに駆け抜けた。今川家に先回りをし、隠居料と引き換えに江井に面倒を見てくれるように頼んだのだ。

使者が取って返したとき、信虎はまだ気づかずに悠々と駿河へ向かっていた。

哀れを覚えた使者が、そのときは話すように命じられていた信玄の言葉を伝えた。

「これより武田家は晴信様が当主とおなりあそばしました。信虎様にはなにとぞ、今川家の食客として余生をお過ごしあられますように」

信虎の供が斬りかかったが、使者たちはすばやく馬にまたがって甲斐へ帰った。

その顛末を三条は信玄と、座敷の上段に座って聞いた。

「信虎様はそのまま駿河に向かわれたご様子でした。今川家に軍勢を借り、戻られるご所存かと」

「そうはならぬ。義元公には武田と争うつもりはあるまい」

今川にとっても給地を持参する信虎を飼っておくほうが得策なのだ。

三条は傍らで己の腹を撫でながら聞いていた。腹には次の子があり、今度も男子だという確信がある。

だからこそ義信のときのような目に遭わすわけにはいかず、信玄も急いだのだ。

国境を閉ざした晩、信玄は庭に出て小さな火を熾(おこ)していた。

「終わったのですね」

「ああ、三条の申す通り」

信玄の顔を覗き込むと、冷えた目に赤い炎が映っていた。

「何を燃(も)しておられます」

「三条は中へ入っておれ。火を見ると腹の子に障ると申すぞ」

「そのような大きな火ではございませぬ」

ほんの、竈(かまど)の火のようなものだった。

炎の中で厚い書物の束(つか)が音をたててめくれていった。

「もう何を恐れることもいらぬ。祖父のことなど、太郎もじきに忘れよう」

信玄の言った通り、信虎は武田領へ押し出してくることはなく、そのまま駿河で鳴りをひそめた。信玄は早々と代替わりの徳政を出し、甲斐では百姓や国人が喜びに沸き立った。そのせいか信虎の側近たちからも謀反は起こらず、信玄はあっさりと国主になった。

そうして三条は元気な男子を生んだ。竜芳と名付けられ、この頃の三条は生涯でも最も満ち足りていたかもしれない。

だが竜芳が半年ほどになったとき、三条は縁側に手をつかせて後を追わせながら、ふと黙って待ってみた。黒い瞳をじっと見つめて、心の中でおいでと囁いた。

ところが赤児は途端に方角を見失い、三条のおらぬ先へ這い這いを始めた。可愛らしく微笑んだまま、縁側から地面へ落ちるほうへゆっくりと進んでいく。

縁側の際で竜芳を抱き留めたとき、三条の胸は激しく騒いでいた。

「弟は目が見えておらぬのではありませんか」

後ろから義信が不安げに言ったが、三条は応えることができなかった。

日暮れに信玄が戻るのを待って、二人で丹念に竜芳の目を調べた。声をかけず、触れもせず、そのままに座らせておいたら、まるで誰も見えぬかのように泣き叫ぶ。手を伸ばして触れてやると急にほっとしたように頰を緩め、手に持たせた鞠を取り上げてみると、すぐ脇にずらしただけでも双眸が追おうとしない。

「赤児のうちはこのようなものかもしれぬ」

信玄は気休めを言ったが、明くる日に診せた医者はあっさりと首を振った。育っても治る見込みはなく、竜芳の目は生まれつきのものだという。

「私のせいでございます。私が馬の目を食べたゆえ」

舌で鹿毛の目を転がしたときの感触がまざまざと蘇(よみがえ)ってきた。信虎に口の中で溶かせと言われてその通りにし、どうしても残る種を最後は歯をたてて噛み砕いた。

「父上の企(たくら)みのせいなら、目の障りは太郎に出たはずであろう。竜芳の身とは関わりがない」

「ならば私が不孝をしたゆえの神仏のお怒りでございます。舅を追い払うなど、嫁ごときがしてよいことではございません」

それなのに三条は、信虎が去るのをほくそ笑んで見ていた。ようやくこれで恐ろしいこともないと、胸がすくようだったのを覚えている。

「三条が不孝をしたのではない。実の父を家督ほしさに追放したのはこの儂じゃ」

信玄は自らの障りが竜芳に出たのだと言った。

「竜芳の目は、まだ腹におる時分に炎を見せたせいであろう。ならば火を熾していたのは儂ではないか。三条が火を見たのは儂のせいじゃ」

信虎を追放した日、信玄は庭で火を熾していた。それを三条は燃え尽きるまでじっと眺めていた。

「今ようやく腑(ふ)に落ちた。竜芳の目は、儂があの有難い書物を焼いたせいじゃ。焼いて障りが出るとは、やはりあれは真実の書物だったのだな」

三条は思わず口元を袖で覆った。

嫁いで五年、つねに信玄の文机(ふづくえ)にあった書といえば論語である。信玄はたとえいくさ場でもあの書を日に一度は開き、閉じるときは手を合わせてから床へ入った。

信玄の居室へ駆けて行った。文机から書棚を見回したが、やはり論語は巻之一からすべてなくなっている。

「殿は、あの書を読むために生まれて来たと申しておられましたのに」

嫁いで来たはじめ、書棚の最上段に論語が並び、幾度目かの読みかけの巻之三が文机の上に置かれていた。

「孝養を説く書など、儂にはもはや不要。この世には初めからあのような書はなかったと思うしかあるまい」

信玄は空になった書棚の上を睨んでいた。

「儂はこのさき鬼になり、火のごとく攻めて行く。そなたにいつか、新しい伽藍(がらん)で満ちた京を見せてやろう」

甲斐へ来てまだ京を恋しがっていた頃、信玄は約束してくれた。

いつか父上を超えれば、儂が三条を京へ連れ帰ってやる。焼けた京に、かつての栄華を取り戻して見せてやる――

三

三条の妹、如春(にょしゅん)が本願寺の顕如に嫁したのは、春姫が小田原に嫁いで行った三年後のことだった。如春は春姫より一つ下で、名も似ていたから、三条はよく二人を重ねて思い浮かべた。とはいえ三条は如春が生まれる前に甲斐へ来たので、じかには顔も知らない。だが京の里とは文を絶やさなかったから、幼い太い筆遣いで、あね様と書いてくるのが可愛くてならなかった。如春は二人の姉が武家へ嫁いだので自らもそうだと思っていたが、実は生まれたときから許婚者がいて、それがまた大層な先だった。

祝言が公になってからの半年は、如春の心細そうな文がたびたび届いた。

本願寺様は武家のようにいくさをなさいませんから、如春は仕合わせになれますよ――

如春の幼い文字を見ていると、おっとりしながらも芯の強そうな顔が浮かんでくるようで、三条はいつも熱を入れて文を書いた。

すると返書は、まるでその日のうちに書いたかと思う早さで着いた。

あね様のお声が、文を何度も何度も読むうちにはっきりと聞こえてまいりました――

状箱を開けると、ふわりと甘い梅の香がした。三条のために特別に漉(す)かせたという花弁をあしらった美濃紙(みのがみ)で、三条は京の邸と、己が嫁ぐ前の切なさを思った。

一つ違いの春姫はすでに遠い小田原城で暮らし、相手は長く争ってきた武家だから、この先どうなるかは分からなかった。だから如春が僧門へ嫁いでくれるのが手放しで嬉しくもあった。この日の本に本願寺と事を構える家などあるはずがなかったからだ。

如春が大坂(おおさか)の石山(いしやま)本願寺に移ってからも互いに文や折々の品などを届けあっていた。会ったことさえなくても妹は妹で、三条にとって如春はいつまでも童女のように愛らしく、文の文字も拙(つたな)くさえ見えた。

――姉妹とはつくづく羨(うらや)ましいものだ。三条の話に御仏(みほとけ)にまつわることが増えたのは、如春殿のおかげであろう。

本願寺から有難い経典が届けられたとき、信玄は仏門に入ってみるかと腕組みをした。てっきり軽口だと思っていたら、それからしばらくして本当に剃髪(ていはつ)したのには驚いた。

――ですが私には信繁様のような弟はおりませぬ。

如春の名が出るたび三条はほのぼのと明るい心持ちになって、信玄の弟の話をした。

信繁は幼い時分、父の信虎がひいき目で可愛がったといい、信玄はずいぶん業腹に思っていたそうだ。だが信繁は信玄が父を追放したときも迷わず兄に従い、それを信玄は己の支えにしていた。論語は孝養や兄弟相和すことを説いているが、信玄が実践できるのはもう兄弟仲だけだったのだ。

だがその信繁も死んでしまった。桶狭間で義元が横死を遂げた明くる年のことで、信玄は川中島で謙信と四度目のいくさをしていた。

川中島は千曲川(ちくまがわ)と犀川(さいがわ)の狭間の低地で、甲斐から信濃を経て善光寺へ至る、古くからの交通の要衝である。信玄はすでに南信濃を支配して北信濃に迫っていたが、謙信は領国の越後を守るためにも北信濃を渡すわけにはいかなかったのだ。

信玄と謙信はそれまで三度戦ったが勝敗がつかず、四度目となるこのときはまさに決戦だった。結句、信繁と軍師の山本勘助(やまもとかんすけ)が命を落としたが、二人をそこまでのいくさ場に出させたのは義信だったという。二人は義信が攻めの拙さを信玄に叱責されぬよう、みすみすしくじると分かっているいくさ場に赴いたのだ。

信玄は口にこそ出さなかったが、信繁を死なせたのは義信だと見切って怒りを溜めていた。たまたま信繁を弔ったあと、三条とぼんやり大手橋を戻っているとき、義信が馬に乗って向こうからやって来た。

父子の目が胡乱に交わり、ああなるほどと義信がうそぶいた。

――それがしが鹿毛に乗るのは笑止というお顔でございますな。しかし武将たる者、馬を使わぬわけにはまいりませぬぞ。ああ、せめて他の毛並みにすれば宜しゅうございましたか。

――義信!

信玄はぱっとしゃがんで石を拾うと、馬の首めがけて投げつけた。

石は鼻先をかすめ、馬が激しく前足を蹴り上げた。

義信は危うく転げ落ちそうになり、ちっと舌打ちをすると馬上から父を睨みつけた。

――父上になんという振る舞いです。馬を下りなさい。

三条が言ったが、義信はふんと鼻で笑った。

――それがしは父上に似て、孝というものを知りませぬゆえな。

そのまま義信は馬の首を返して去ってしまった。

「あのときも殿は私に優しゅうしてくださいました。殿と義信の仲違いは、すべて私が因でございます」

晩夏にさしかかった元亀(げんき)元年（一五七〇）、久しぶりに大坂の如春から文が届き、三条はさまざまに思い合わせて涙が止まらなかった。今年に入って三条は急に床に就く日が増えたのだが、春姫が昨年の六月にみまかったので、さすがに気落ちしてどうにもならなかった。

信玄は何も言わず、手が空いたときは三条の居室を訪ねてくれた。短い秋が終わればすぐにいくさに出る冬が来るから、頭の中では次のいくさの算段を進めているに違いなかった。

駿河の義元が死んで十年が経っていた。討ち果たした織田信長は今やたいそうな勢力で、あろうことか本願寺にいくさを仕掛けようとしている。如春の文は武田家に援軍を願うもので、石山本願寺を取り囲む信長をその外側から包囲してほしいと書かれてあった。

信長はそれほどまでに強大で、思えば信玄が今川をやめて織田と盟約をしたのも仕方のないことだったかもしれない。

「三条はどうしてほしい」

「どう、とは」

「如春殿は本願寺に嫁ぎ、松姫は織田家との縁組が決まっておる」

松姫は十歳になったばかりの、信玄の末の姫だ。

義信が死に、春姫が死に、竜芳は仏門に入っている。三条のもう一人の姫は武田の家臣に嫁いでいるので、何かあれば共倒れだな。

「本願寺がいくさになるなど、考えたこともございませんでした」

「三条が知らぬだけじゃ。宗門はそこらの守護どもより、よほど巧みないくさをする」

本願寺は信長から無理な要求が続き、先年、軍用金を出せと迫られたときは従った。だが今年に入って信長が近江（おうみ）を攻めて三好（みよし）三人衆とのいくさを始め、ついに信長と対峙（たいじ）することを決めたのだ。

「本願寺か織田殿か、どちらかを選ばねばならぬのは殿のせいではございませぬ」

「本願寺は諸国の門徒を守らねばならぬ」

仏門に入った信玄がそれに手を貸したいと思うのは無理からぬことだった。しかも三好三人衆は将軍足利義輝（あしかがよしてる）を暗殺し、内輪もめの挙げ句に東大寺に火を放って、今では信長と手を結んでいる。新しい将軍からも信玄には信長を討伐せよと文が来ている。

「私は応仁の乱で焼けた京を見て育っております。寺社を焼くなどもってのほかでございます」

だが信玄は上洛（じょうらく）こそが目的で、現将軍の庇護（ひご）は単なる名目にすぎない。武田も織田も、各々の我執（がしゅう）で盟約を結び、また破りもする。

「信長にとって本願寺は最強の敵になる。いくさは長引くぞ」

「殿はやはり織田とは手切れになさるおつもりなのでございますね」

勝頼に織田家の姫を迎えたのは五年前だが、松姫を信長の嫡男に娶（めあわ）せると決めてから三年ほどだ。

「将軍を奉じて京へ上るのは一人であろう」

信玄は本願寺とは並び立つことができるが、織田があれば京へ入ることはできない。

「松姫は如何なりましょう」

自らの産んだ姫ではないが、信玄の大切な姫ならば三条にとっても同じことだ。信玄の子は残らず波乱の生涯を送らされたので、最後の一人くらいは人並みに穏やかな暮らしをさせてやりたい。

「それゆえ尋ねておる。三条は、どうしたい」

三条はぼんやりと天井を見上げた。

桶狭間の後、信玄は三条に、近いうちに今川とは手切れにすると正直に話してくれた。そうなれば義信は夫婦別れとなり、仲睦まじいだけに不憫だったが、今川家の凋落ぶりを見れば諦めるしかないと三条も思った。

どれほど非道でも、甲斐を守っているのは信玄だ。信玄がいなければ甲斐は滅び、今川との手切れは、甲斐を守るためにその当主が決めたことだ。

「ゆくゆくは今川との盟約を破ると、殿は義信にも仰せになったのでございます。義信がそれを許せぬのならば、己の力で家督を奪うしかございませんでした。私とて、それは心得ております」

ただ義信が死ぬことまでは呑み込むことができなかった。だから義信の死から一年近く、三条はまともに信玄の顔を見ることができなかった。

そのあいだに春姫が小田原から戻り、生きる張りを失くしたようにみまかった。すべては信玄の火のごとき他国侵攻から起こったことだ。

だが当の春姫ですら信玄を恨んでいなかった。夫の氏政が側室も置かず、この戦国の世に十四年ものあいだ満ち足りた暮らしを送ることができたからだ。

それにひきかえ信玄は側室を置き、三条の目の前で子らの仕合わせを踏みにじった。

「春姫は、私がなぜ義信のことを堪えたのか不思議だと申しておりました。ですが私は世間なみに理不尽なこととは思いませんでした」

「いや、三条はよく堪えてくれた」

「織田とは手切れでございますね」

信玄は応えない。

「ならば松姫はせめて、嫁がせる前に」

そっとうなずく信玄を見た。

「あい、あいこじゃな」

「え?」

「互いに、弟妹だけは裏切らずに済む」

三条と信玄は寂しく笑い合った。

「ひどい生き方をしてしまったものだ」

「ですが、私が出たときの京はまことに荒れておりましたゆえ」

嫁いで来て初めての秋、三条は信玄に焼け跡の残る京のさまを語った。

京も冬は寒いが、甲斐は十月ともなると雪の気配で、その年は実際に月の初めに辺りが白くなった。

京はこれから山が紅に染まり、一年で最も美しくなるときだった。

――京が懐かしいであろう。甲斐のような山深い国へ嫁いで来て、さぞ三条は悲しいであろうな。

三条と信玄は縁側に腰を下ろし、前栽にこんもりと積もる真っ白な雪を眺めていた。

――たいそう美しい雪だと見とれておりました。京は長いいくさで、まだあちこちに炭の柱が立ち、今時分は雨に濡れてうらぶれておりましょう。

京には修復の成った寺社もあるが、焼け野原のまま住持や公家が去った場所も多かった。内裏の貧窮も気の毒なばかりで、皇子や皇女は寺に入らねば品位を保つどころか食べていくこともままならなかった。

――私も、甲斐へまいって夢のような暮らしでございます。

三条が微笑むと、信玄は詫びるように三条の足下へ目を落とした。

――甲斐は寒かろう。

――いいえ。京とて冬は寒く、夏は暑く、決して住みよい土地ではございませぬ。

――だがこのように雪が深くはなかろう。足袋をはかぬのか。

三条は首を振った。公家の姫たちは足袋をはかぬのが倣いだった。

――少しも寒うはございませぬ。

信玄を悲しませたくなくて、若い三条は笑って応えた。

だが初雪が根雪になった時分には、甲斐の寒さは格別だと骨身にしみた。軒には大きな氷柱がぶら下がり、日中の日差しでわずかに溶けたしずくが翌朝には縁側に氷を張っている。足先から腹や肩に這い上ってくる寒さは重いと感じるほどで、風で耳がちぎれると思ったこともある。

少しは強がっていた三条に初めて足袋をはかせてくれたのは結局、舅の信虎だったのだ。信虎がいなければ三条はいまだに遠慮して足袋をはかず、足を冷やして丈夫な子が産めなかったかもしれない。

五十という歳を迎え、死が近づけば、誰かが忘れようのない悪をしたと恨むことは消えていくのだろう。

「私が殿にいらぬことを申したのが全ての因でございました」

京の寺社を昔の姿に戻してほしいなどと言わなければよかった。京へ帰りたいと言って泣かなければよかった。

「三条のせいではない。もとから甲斐は京を目指さねば立っておられぬ国であったのだ」

「それは、甲斐ではなく、あなた様が立っておいでになれなかったのでございます」

父から家督を奪い、論語を読まぬと心に決めた。上杉を制して信濃を取り、領国が一人で立つようになれば、次は顔をどこかに向けなければならない。

だからこれからも信玄は京へ向かう。

「ここまで来れば、あなた様は心ゆくまで京を目指してくださいませ」

人の幸不幸は傍からは分からない。三条は、小田原から返された春姫も不仕合わせだったとは思わない。

そして、三条は春姫とは逆に、京へ帰ると泣いたのを引き留められて仕合わせだったと思っている。

「あなた様は、春姫も私も、不仕合わせになさってはおりませぬ」

春姫は、三条とは異なる仕合わせを持っていた。それはきっと義信もそうだったはずだ。

「私はあの世へまいりましたら、春姫たちと存分に、笑って話すつもりでございます」

信玄が必死で三条の手をさすっていた。

三条は残る力をこめて信玄の手を握り返した。三十四年、信じつづけた夫の手のひらだった。

残る幸

一

永禄十一年(一五六八)十月のその朝、甲斐は青い空が覗き、しばらく降り続いた雪もまだ根雪にはなりそうになかった。

初は見送りの三条の方に目をやったが、冷静で無口な姑はそっと首を振るだけだった。やはり初は、諦めてこのまま駿河へ帰るしかないようだった。

昨年のちょうど今時分、初の夫、武田義信が幽閉先の東光寺で自刃した。初の里である今川家と手を結び、父信玄に謀反をたくらんだと汚名を着せられた挙げ句のことだった。

もちろん義信にも、今川家とのつなぎをしたという初にも、全く身に覚えはなかった。今川の当主である初の兄氏真は鷹揚で、暢気といってもいいほどの武将だ。盟約を結んできた妹の嫁ぎ先の武田家と、駆け引きや裏切りで袂を分かつといった昏いことは考えもしない。初は十三で従兄にあたる義信のもとへ嫁いで来たが、それきり会っていない兄にも、亡き父義元にも、裏表のない気性で育てられたという淡い思い出しかない。そんな兄たちが、初を破談になるような不仕合わせに突き落とすはずはなかったのである。

「義母上様、何度でも申します。私は義信様に、今川方に寝返るようにとお勧めしたことなどございませぬ。そもそもこの数年、二人きりで会うたこともなかったのでございますよ」

　三条には顔を合わせるたびにそう言い募り、今朝はもう最後と思ってまた口にしたが、三条の方は疲れたように目をそらした。

「そなたの申し条は分からぬでもない。ですが桶狭間で義元殿がお斃れになった後も、わが殿がこれからは織田と誼を交わすと仰せになってからも、義信はそなたを決して遠ざけようとしなかった。夫婦としてはそれで良かったのだろうが、あれでは今川との仲を疑われても仕方はない」

　三条の方は、武田では家臣たちが細々とうるさく口を挟んでくることを、義信も初も知っていたはずだと言った。

　初の背を抱えるようにして三条の方は館の門まで歩いて行く。初とともに駿河へ返される姫たちを乗せる三挺の輿が並んで待っている。

　初はうっすらと雪をかぶる砂利を踏みしめながら、そうではない、そうではないと胸の奥で繰り返していた。義信が幽閉後もずっと初を去らせなかったのは初を愛していたからでも、今川に疚しさがないと示すためでもなかった。

「義母上様、聞いていただきたいことがございます」

「ええ、そうですね。妾も話は尽きぬのですよ。妾は、そなたを信じぬいた義信は立派だったと思っています。ですがその義信も死にました。もう何を申しても詮無いこと。分かってくれますね」

義母は寂しげな笑みを浮かべ、初の背を押した。

八年前、義元が桶狭間で横死を遂げてから、武田は盟約相手を織田へとすげ替えた。嫡男の義信は初を妻にしていたばかりに、信玄から去就を疑われることになったのだ。

義信と初が娶せられたのはもう十五年も前のことである。当時、まずは義信と初の縁組で武田と今川が手を結び、続けて義信の妹が相模の北条家に嫁ぎ、今川家も北条家の姫を娶って甲斐、相模、駿河の三国は誼を通じた。三組とも夫婦仲が良く、それぞれに栄えてきたのに、桶狭間の戦いで今川家が当主義元を喪ってから三家のあいだにはさざ波が立つようになった。

三年前のこと、義信はとつぜん父信玄から今川家との内通を疑われ、初とも引き離されて東光寺に閉じ込められた。ならば初も今川家に返されるのかと思えばそうはならず、義信の幽閉はそのまま二年も続いた。

そうしてついに義信は廃嫡され、跡目は異母弟の勝頼が継ぐことになったが、同じ躑躅ヶ崎館で暮らしていた信玄は初に何を迫るわけでもなく、渡殿で行き会ったようなときにはこれまで通り朗らかに挨拶をした。初が次に会ったときこそ義信のことを尋ねようと考え考えしているうちに、義信は腹を切ってしまったのだ。

義信が東光寺に移されてからの丸二年、駿河へ返される気配もなかった初は、ならばこのまま甲斐で義信の菩提を弔って生きるのだと覚悟を決めた。義信との間には男子がなかったから、跡目がどうなろうと初には関わりがない。ともかく初は二人の姫のためにも、この広い躑躅ヶ崎館でこれまで通り暮らすことができれば、戦国の世には十分仕合わせなことだと思おうとしていた。ところが一昨日、駿河の兄氏真からとつぜん、初を戻してくれと文が来たというのである。それで初はまだ義信の七七日も済まさぬ間に、駿河へ返されることになったのだ。

もうじき甲斐は雪が深くなる。そうなれば女の輿など進むこともできないから、信玄も三条の方も、可愛(かわい)い孫姫たちを手放す決心をしてしまったようだ。

それにしてもあまりに急なことだった。

「義母上様、なにゆえ十五年も共に暮らしてきた私を追い返されるのですか。それほど私の、今川の血が忌々(いまいま)しゅうございますか」

三条の方の大切な義信は、初が義元の姫だったためにあらぬ疑いを受けて自刃した。もともとは穏やかな三条の方だが、心の内では初の顔を見るのも煩わしかったのかもしれない。

「初には分からぬであろう。いいえ、妾もいまだにしかとは分からぬのです。ただ、義信の死は今川殿のせいではない。ましてやそなたのせいでもない。それは信玄も妾も重々分かっているのです」

「では私は、今川の出ゆえ戻されるのではないのですか」

「ええ、そうですとも。義元公がおられぬ以上、武田にとっては確かにこのさき織田家との関わりが肝要になりましょう。ですが、だからと言って初をないがしろにするのでも、そのせいで義信があんなことになったのでもありません」

「それは真(まこと)でしょうか。ならば、どうか私をこのまま甲斐に置いてくださいませ」

今さら里へ出戻っても幸いがあるとは思えない。

だが初が輿を降りようとすると、三条の方は強く押しとどめた。そして懐から古い書付(かきつけ)の束(つか)を取り出して、初に無理やり握らせた。

「道中、これをお読みなさい。そなたの母君、定恵院(じょうけいいん)様よりの文じゃ」

「母上の？」

思わず初は書付の筆跡を確かめた。だが定恵院と号した江井(えい)は初が甲斐へ嫁ぐ前、まだ十一のときに亡くなったので、母の文字といわれてもほとんど覚えていない。

文の表書きには母上様とあった。江井は信玄の姉にあたり、初とは逆に武田から今川へ嫁いだので、その母といえば三条の方にとっては姑である。この文は初の祖母が受け取ったものを、嫁の三条の方が残しておいたのだ。

「妾とて京(きょう)から嫁いで来た身。信虎(のぶとら)公と信玄の仲など、語るほどには知りませぬ」

「信虎公？　お祖父(じい)様が関わるのでございますか」

信玄と江井の父が信虎だが、初には十三で嫁ぐまで優しく可愛がってもらった記憶がおぼろげにあるだけだ。

信虎は初が生まれたとき、ひとめ孫の顔を見たいと言ってわざわざ甲斐からやって来た。ゆくゆくは今川家を継ぐことになる氏真も当時はまだ龍王丸(りゅうおうまる)と呼ばれており、同い年の義信の成長を見るにつけ信虎は会いたくなったらしかった。そこへ次は女の初まで生まれたと知らせて来たので、矢も盾もたまらなくなったのだ。

だが信虎が駿河の孫たちに会い、さていざ甲斐へ帰ろうとすると信玄が国境をすべて閉ざしてしまった。そしてそれきり信虎は甲斐へ帰ることができず、駿河に居続けることになった。だから信虎のことは嫡孫である義信のほうがかえって知らず、逆に初がその膝の上で育ったのだった。

「信玄がなにゆえ父の信虎公を追放したか、なにゆえ義信を自刃させたか、妾には見当もつきませぬ。それゆえ義信が死んでから幾度も幾度も読み返しました。読めばそなたも少しは胸のつかえが下りるかもしれぬ」

いくら戦国という激烈な世でも、母や妻が、子や夫の自刃をあっさり諦めて暮らしていけるはずがない。どれほど考えても訳が分からない、分かったところで納得もできない、ただそれでもせめて真実を知りたいと念じて、皆が義信の死からの日々を過ごしてきたのだ。

「義元公が亡くなられたゆえ信玄は今川家を切り捨てた、誼を通じていた義信まで処断したと皆は思うておりましょう。ですが真実はそうではない。義元公の死も、そなたが義信の妻であったことも、ただの巡り合わせにすぎませぬ。根はそのようなところにありますものか」

信玄が晴信（はるのぶ）と名乗っていた、その晴信が幼子だった時分のことだ。

三条は初を押し切って輿の戸を閉めた。

「義母上様」

初はすがるように窓を開けた。

「甲斐で暮らすのはそなたたちのためにならぬ。信玄と義信の関わりを知らねば、そなたも姫たちもわが殿に疑念をいだく。そうなれば信玄も二人の姫も不憫じゃ」

三条は子らを思い出せとばかりに後ろの輿に目をやった。上の喜久姫は十二歳、下の鞠姫はまだ十歳だが、どちらもすでに大人しく輿に乗っている。

「よく考えるのです。残りの半生、この雪深い武田で寡婦として暮らすよりも、故郷のお優しい兄君のもとで生きるほうがどれほど幸いか」

武田には信玄にさえ歯に衣着せずものを言う大勢の重臣たちがいる。一冬、一年と甲斐で過ごすうちに、その彼らがどんなことを囁き出すか分からない。それこそ義信が今川と通じていると風聞が立ったのもそのせいだったのだ。

「当主の妻であってさえ生き辛い。ましてそなたは、頼みとする夫もおらぬ。幼い姫たちの行く末を思うことじゃ」

甲斐にいれば、初は姫たちの嫁ぎ先ひとつさえ、口を出すことはできない。

初の顔つきで察したのか、三条は目尻を下げた。

「そなたには勝手ばかりを申します。駿河へ行けば、信虎公に孝養を尽くしてくれませぬか。私たちができなかった……」

国境を閉ざして帰らせなかった嫡男の信玄と、それに従った嫁の三条の代わりに。

だが三条は思い直したように首を振り、さあ行けと手を払うようにした。

「さらばじゃ、初」

「義母上様」

必ず心に沿うようにすると、初は言った。

「そなたには、よう仕えてもらいました」

初は輿の中で頭を下げた。実の娘のように慈しんでくれた姑だった。

「私にとってはもはや義母上様だけが、この世でただ一人の母君様にございます」

「忝い。妾もそなたのことは忘れませぬ。喜久姫と鞠姫を頼みますぞ」

互いに涙がこぼれ、輿が動きだしたときには初は突っ伏していた。

二

母上様
お変わりなくお過ごしでいらっしゃいますでしょうか。甲斐はもう深い雪に覆われておりましょう。どうぞ十分に朝晩暖かくしてくださいますことを念じております。
今年は私も晴信も世継ぎを得、今川と武田にとってこれほどの幸いもない一年となりました。龍王丸は義元殿に似て色白の、泣き声もか細い赤児でございますが、まずは乳もよう飲んでおりますのでご安心くださいませ。
龍王丸の煩いが少ない分、何を措いても母上様の御身が案じられ、その母上様がずっと心を砕いてこられました父上様と晴信の父子仲を、私も駿河で、母上様に持たせていただいた念持仏を開いては祈る毎日でございます。

思えば母上様は私が駿河へまいりますとき、たとえ嫡男を授かろうとも格別に厳しく育ててはならぬと仰せになりました。あの御言葉を聞いたとき、私は初めて母上様も、父上様の幼い晴信へのなさりようを是とはしておられなかったのだと気がつきました。私も晴信のことはたびたび不憫に思うておりましたので、もし今川で許されるならば、嫡男を授かったあかつきには母上様にお教えいただいた通りに育てたいと考えてまいりました。

今、母上様が龍王丸の身にお案じになることは何もございません。義元殿は馬場の小さな花でさえ憐れんで蹄を除けさせなさるような御方で、雑仕の童たちが拳を振り上げて諍っているのをごらんあそばした折は、手ずから止めに入っておられました。嫡男ゆえ強う育てと打擲なさるなど、夢にもお考えにならぬ御方です。

左様、強うなれと父上様は晴信をよく打たれましたね。まだつかまり立ちの時分に、嬉しそうに笑みを浮かべた晴信を、目つきが悪いと仰せになって脛に手刀を当てなさったのが私の一番初めの記憶でございます。晴信が笑うたびにそのようになさったゆえ、あの子は傍目にも笑わぬ童に育ったのでございました。

無邪気に笑うわが龍王丸を見るたび思います。父上様はなにゆえ晴信にだけ、あれほど辛う当たられたのか。私にも他の弟たちにも父上様は気分の良い、お優しいお方でございました。だというのになぜ晴信にだけは満座の中でも容赦されず、家臣たちも口をつぐむほどに――。あれではかえって晴信が家士たちに軽んじられる因になると、母上様は父上様をたしなめられたこともございましたね。

返すがえす、それほどに父上様のお振る舞いは奇異でございました。あのように打擲されておったくせに小童めがと、晴信が家士に挑まれることになると、母上様は案じておいででした。

このようなことを書き、母上様のご心痛を増しておりましたならばどうぞお許しくださいませ。ですが私は、あの時分の晴信の言葉をお伝えしとうて文を書いております。私がしかと覚えておるあいだに、母上様にはお伝えしようと思います。

まだ八つほどだったでしょうか。私と晴信は夕暮れどきにそろって厩へ出ておりました。父上様は甲斐の者は馬に巧みであれと仰せになって、女の私にも馬の鍛錬をお勧めになりましたね。晴信はつねづね父上様に厳しくお教えを受けておりましたゆえ、姉の私と気軽に馬を見に行くことが気散じになるようでございました。

ですがその日は父上様と鉢合わせになりました。びくりと肩を震わせた晴信は、すぐさま父上様に、お前の馬を見る目はお祖父様に似て不遜じゃと難癖をつけられておりました。

あのときも父上様はいきなり晴信を激しく打たれ、小さな晴信の体は土に転がって、馬止めにしたたかに額をぶつけました。晴信の眉間が裂け、血が滴り落ちたとき、父上様の双眸には弱い者を虐げる喜悦の色が浮かんでおりました。

父上様が高笑いを残して去られた後、晴信は歯を食いしばって起き上がりました。鼻血を拭ってやろうとすると、晴信は私の衣が汚れると気遣って、己の手のひらで拭っておりました。

「全く、なにゆえ父上様はこんな酷いことをなさるのでしょう」

頰をふくらませた私に、晴信は健気にも笑ってみせてくれました。

「父上もお祖父様から同じようにされたそうですよ。父上が私を殴られるのは、私が嫡男ゆえ、甲斐を己だと思えるようになるためでございます」

「甲斐が晴信、ですか」

私は訳が分からず問い返しました。すると晴信はさばさばと笑って教えてくれました。

「この甲斐ばかりがなにゆえ雪に阻まれ、海もなく物成りも悪いのか。この日の本で、私の踏む甲斐の土だけが理不尽な目に遭うている。それを嫡男の私は、己の身の痛みとして体に染み込ませねばならぬのです。それは、甲斐が私だからでございます」

私や妹たちは、あのようなときに晴信がふと見せる笑みが好きでした。だからつい私は、晴信は案外平気なのだと高を括っておりました。左様、これからもきっと私ども姉妹はそう考えるに相違ございません。

母上様。晴信は幾度も理不尽な打擲を受けておりましたが、そのたびに堪えて前を向きました。甲斐は海を持たず、年の三が一を雪に閉ざされる国。甲斐だけが忍ばねばならぬ理不尽を、その身に沁ませるために父上が鍛えておられると、晴信はあの格別の聡さゆえに悟っておりました。

晴信にとって、甲斐は己でございます。そしてその覚悟こそが、いつか晴信を強く名高い武将にすると信じております。あのように小さな拳を握りしめ、己だけは堪えねばならぬと歯を食いしばっていた晴信がはやばやと嫡男太郎に恵まれたことは、私にとっても無性に嬉しゅうございます。

私が駿河へ嫁ぐとき晴信は、どうか義元殿と仲睦まじゅう暮らしてほしいと申しました。駿河のため甲斐のため、私の幸を願っていると励ましてくれたのでございます。

今年はそれが大きな実を結び、まことに喜ばしゅう存じます。晴信も太郎を大そう可愛がっておりますとか。もはや母上様もこまごまとお悩みあそばすことはございませぬ。甲斐は晴信、晴信は甲斐でございます。その甲斐で、新しい年が母上様にとっていよいよ幸い多い日々となりますよう念じております。

晴信と三条の御方も仲睦まじい由、なによりでございますね。京の高貴な姫が甲斐のような鄙で、お気の毒のようなと案じておりましたが、縁というのはやはり前世からの賜りもののようでございます。

母上様、父上様も仲の良い夫婦であられました。子というものは親を手本に夫婦となるのだと、義元殿からもお褒めいただき面目を施しておることでございます。あらためて甲斐に、母上様に、ただ有難さに涙がこぼれるばかりでございます。

江井

母上様

すぐにもお便りをと思いつつ日を重ねてしまいましたこと、何卒お許しくださいませ。母上様が父上様を追って駿河へおいでにならぬ由、そしてそれが決して当家への遠慮のためではないとお書きになっておられましたこと、少なからず驚きでございました。こちらで茫々と、打ちひしがれたご様子で気弱にお過ごしの父上様を見るにつけ、何とお返事すべきか書きあぐね、そのうちに爾々のことがあり、ますます筆を取れずにおりました。

元はといえばなぜ父上様だけが、初姫の誕生に事寄せて龍王丸にも会いたいと、お一人で駿河へおいであそばすご決心をなされたのか首をかしげておりました。私は母上様の膝のお痛みがひどうなられたと存じ、お身体のみを案じていた愚か者でございます。

さて何から申し上げるべきでしょう。甲斐では母上様と私は、よく語り合う母子でございました。それゆえ今、母上様にお悩みを分かつ者がおらぬことが何より気がかりでございます。

母上様は昔から晴信が贔屓でございましたね。それはもちろん晴信が嫡男ということもございましたが、父上様が晴信にだけ辛う当たられるゆえ、母上様がそのぶん慈しんでおられるのだと思うてまいりました。ですがどうやら母上様は私たちとは別して、文武ともに秀でていた晴信をことのほか大切に思し召しておられたのだと気がつきました。それゆえ母上様は晴信を決して悪く仰せになりませんが、あの子はときに鬼畜の振る舞いをいたします。

やはり父上様だけが駿河へお出ましになられたのは、晴信とのお暮らしに息が詰まっておられたからではないでしょうか。父上様にすれば、留守は晴信に任せれば安心だと意気揚々と駿河へお出かけになられましたのに、いざお戻りになった目の前で街道口を閉ざすとは、晴信はどのような料簡でございましょうか。

論語読みの論語知らずとはよう申したもの。晴信はたいそう書を読みますが、行いは忠孝の道に反します。たしかに父上様はあのように自儘ゆえ、家臣たちが晴信を当主にと望んだのは一理ございましたでしょう。ですがもしそれが理由だとするならば、そこまで家臣が口を出す武田家はやはり尋常ではございませぬ。

父上様はたしかに晴信には冷酷でございました。ですが憐れな父上様を一顧だにせぬ晴信はまるで鬼、もしや一人で大きゅうなったとでも思うているのでしょうか。もはや父上様に生涯会わぬつもりだとするならば、晴信ほど我執にとらわれた傲岸な者もおりませぬ。甲斐国をここまでになされたのは父上様でございます。それを晴信は横合いから丸取りに、己一人で差配できるようになれば父上様など不要と、いつから己の幸のみを考える者になり果てたのか。

ならば私は龍王丸には生涯、書など読ませまいと存じます。どれほど他国から畏怖される武将になろうと、人の心を失うては元も子もないと、私は五つになった我が子の笑みを見るにつけ思います。

母上様は今川が、義元殿が東海一の弓取りといわれるほどの武将ゆえ悠然としておられるのじゃと仰せになるかもしれません。ですがそれは武田とて同じこと。甲斐に信濃、それで武田は十分ではございませんか。

父上様が駿河へおいであそばして、私には、甲斐でどれほど太郎殿を可愛がっておられたかが見えるようでございます。なんと申しても太郎殿は父上様の御嫡孫、今も龍王丸を膝に乗せては思いを馳せられ、そっと涙を拭うておられます。それを、同い年ゆえ太郎でなくとも良かろう、龍王丸を撫でておれとは、晴信の言葉はやはり人外の鬼のものでございます。

迷いましたがやはり母上様には申し上げることにいたします。武田家には母上様の慈しみでは覆い隠せぬ鬼畜の打擲がありました。そして晴信を打擲なされた父上様の心の闇を兄弟姉妹の誰かが受け継いでいると申せば、それは晴信でございます。私は晴信に殺されかけたことがございます。

私たちがまだ十ほどだった時分です。家士に連れられて馬市へ出かけた晴信が、すぐ近くに野馬がいると聞きつけて戻ってまいりました。

さすが飼い馬と違うて見事に駆けると馬子たちが口々に褒めそやしていたそうで、晴信はあのとおり馬を好みましたゆえ見とうなったのでしょう。後にも先にも一度きりのことでしたが、晴信が私に見に行こうと申しました。母上様にも誰にも内密に、躑躅ヶ崎館の早蕨門、そこから出るならば誰にも見つかるまいと二人で相談をいたしました。

まだ幼い二人でございます。私は侍女にも告げず、庭を歩くふりをして一人で早蕨門へ向かいました。思った通り番をする者はおらず、私は閂を開けて外へ出ました。幾分冷たくなった秋風が心地好く、私は大人たちを出し抜いた喜びに胸が弾んでおりました。

もう来るか、今にも姿が見えるかと待っておりましたのに、晴信はいっこうに参りませぬ。焦れているうちに、もしや見つかったのかと不安になってまいりました。そもそもなぜ一緒に行くなどと言ってしまったのだろう、第一ここからどうやって野生馬がいるという沢の向こうまで子供だけで歩いていかれるだろう、途中で野伏りにでも拐かされたらと、次から次へと恐ろしい考えが思い浮かんでまいります。そもそも晴信というのは身勝手が過ぎる、馬など私はそれほど好きでもないと、苛立ちが募るばかりでございました。

すると早蕨門が内からにわかに開き、晴信が馬を引いて現れました。足台まで用意して、私に乗れと微笑(ほほえ)みます。

私はふて腐れながら馬に跨(また)がりました。私たちは父上様のお仕込みで馬は達者でございましたので、すでに大人の手を借りずに乗ることができました。

私の後ろに晴信が乗り、ゆっくりと馬を出させました。まだ駆けておらぬ間に私をつくづく眺めた晴信は、なぜそのようにむくれた顔をしているのかと尋ねました。

「私は姉上のために苦労して馬を連れ出したのですよ。遅れたぐらいで何をそんなに怒っておられるのです」

まるで己一人ならこんな苦労はしなかったと不服げです。晴信は嫡男の育ちゆえ、結局は周囲が皆、己の思うままに動くと思っているのです。

「馬はそなたが乗りたかったから連れて来たのでしょう。私はべつに野馬など見なくてもかまわぬのですよ」

「違います、姉上が見たいと仰せになるゆえ、私は無理をして」

「そなたは一人で行く勇気がなかったのですよ。それを、女の私のせいにするとは」

私は腹に据えかねて、ぷいと横を向きました。そのとき突然、私は襟を後ろから摑(つか)まれて、あっと思ったときには地面に叩(たた)きつけられておりました。

なんという力でしたことか。私はしばらく何が起こったかも分からず、冷たい土の上に転がっておりました。

そして確かに聞いたのでございます。

いい気味じゃ――

私は己の耳を疑い、晴信を見上げました。そしてそこに、幾度となく見た父上様のお顔を、晴信を打擲されるときの愉しゅうてたまらぬという卑しい笑みを見たのでございます。

私が動けずにいると、晴信も我に返ったのか笑みを消しました。そして私を見据えて冷たく言い放ったのでございます。

「姉上は父上に似ておいでじゃ。私の一番嫌いな父上に」

そのとき私は晴信が誰よりも父上様に似ていると思いました。父上様が晴信を打擲なされたときの目、あの狂気を宿した眼差しは、他の弟妹たちの誰にも一度として見せたことはございませぬ。なにか邪なものに囚われた荒んだ目でございます。

晴信は唇を一文字に引き結んで早蕨門の内へ戻りましたが、私は背骨が軋んでしばらくは立つこともできませんでした。晴信は後ろを確かめもせず館の内へ姿を消し、私は震える指で閂をかけました。

母上様。人は生まれ持ったものを、与えられたものの中で育むのではありませんか。晴信が私に爆ぜさせた暴力は、父上様が晴信に与え、晴信がそれを大きゅうした姿でした。あの十歳のときすでに晴信の中には、弱者を打擲し、その苦しむ様にほくそ笑む生来の悪がしっかり根を下ろしておりました。

ここまで書いたものの、母上様への不孝におののいております。ですが禰々の身を思う余りのことと、お許しを賜りますように。

禰々はたしかまだ十五でしょうか。十三で嫁ぎ、春に嫡男を授かったばかりでございましたのに、夏が終わるか終わらぬかで無二の夫君を騙し討ちにされようとは、あまりのことにとても禰々へじかに文を書くことはできませぬ。兄でありながら晴信は、なんと罪深いことをしたのでしょうか。私どもはたしかに禰々とは異母姉兄ですが、母上様は禰々を分け隔てなく慈しんでおられました。それゆえにこそ禰々は、臣下とはいえ名門の諏訪家へ輿入れが叶ったと喜んでおりました。

だというのに晴信は初めから諏訪家の領分を己が物にする肚だったのでございますね。義兄と申して頼重殿を安心させ、開城させたところで切腹を申しつけるなど、よくも赤児を授かったばかりの妹の夫君にできたことでございます。

私は幾度でも申します、甲斐はもう十分に大国ではございませぬか。なにゆえ諏訪家の領分まで取らねばなりませぬ。禰々によって頼重殿と誼を深め、手を携えて外へ向かえば良かったではございませぬか。晴信が好み、蓄え淫している暴力は、頼重殿に叛心を起こさせぬ抑止として用いれば十分だったはずでございます。私は今川には、少なくとも我が子氏真には決してそのような執着は抱かせたくはございませぬ。今川も武田も、互いにつけ込まれぬだけの強さを持ち、並んで立っておればよいではありませんか。

私は氏真が決して晴信のような残忍な武将にならぬようにとひたすら念じております。領国など広げてくれずともよい、どうか武力に淫し、人の道に外れる振る舞いをせぬようにと願います。どうぞ母上様、禰々を慰めてやってくださいませ。いかに躑躅ヶ崎館が広いとはいえ、夫を殺した兄とともに暮らさねばならぬとは、思うただけで筆を持つこの手がわなないてまいります。

爾々が不憫なあまりに差し出がましいことまで書いてしまいました。どうぞお許しくださいませ。

駿河での父上様は、信虎という御名にはほど遠い、もはや猫のような御方になっておいでにございます。氏真も初姫もそれは可愛がっていただき、母の私によりも懐いておるようでございます。

ひるがえって三条の御方は義信殿を、きっと晴信の言いなりでお育てでございましょう。母上様は義信殿が周囲に手を上げられることはないと書いておられましたが、三条の御方は、武家とは万事厳しいものと仰せられた由、なにかご不安があるのかもしれません。

やはり武田は格別であったと存じます。今川では私も、義元殿には優しゅうしていただいております。どうぞ母上様も御身おいといくださいますように。

江井

母上様
ご心労の多い母上様が私の病までお聞き及びでいらしたとは真に申し訳ないことでございます。本復とまでは参らぬながらこうして筆を持つまでにはなりましたので、どうぞ私のことはご放念くださいませ。
今は何をさておいても初姫のことを聞いていただきたく文をしたためました。初姫も今年は十歳、少しずつ縁組が持ち上がるのも道理でございます。私がこのような身でございますので、武田と今川の先を思えば、初姫が義信殿のもとへ参るのは本来ならば願ってもない、なにより両家の縁が深まると手放しで喜ぶところでございます。

もしかするとそれゆえに、私は無理に不安の芽を探しだしたのかもしれませぬ。甲斐には母上様もおいであそばす、ましてや当主は我が弟晴信なのですから、本来ならば安んじて初姫の嫁ぐ日を待っておればよいはずです。ですが母上様。病を得た我が身には来し方が、前にはなかった率直な目で見返すことができるようになったのもまた真実でございます。

早いもので父上様が駿河へ参られてもう九年でございます。日々ご機嫌も麗しく、昔のように我を忘れて激されることは一切なくなりました。はじめの一、二年こそ晴信の悪行を際立たせるためにご自身を取り繕い、穏やかな質と見せておられるのかと疑っておりましたが、今ではそれも地となられたようでございます。そしてそれこそが父上様の真のお姿、やはり晴信が鬼であったと思えましたら、今の私はどれほど安穏と過ごしておりましたでしょう。

母上様。私はやはり義信殿のご気質を案じずにはおられませぬ。義信殿は真、初姫を仕合わせにしてくださるでしょうか。

駿河に来られてからの父上様は、たぶん母上様も驚かれるほどにお人柄がお変わりになられました。氏真にはそれは御目をかけてくださり、幼い時分の晴信とはまるで異なる、氏真こそは甲斐に欲しかった子じゃと仰せになって、もちろん義元殿は素直に喜んでおられます。

ここ駿河は私が嫁ぐ前の年まで花倉の乱があり、義元殿とてそれに勝って家督を継がれた身ゆえ、嫡男が誰にもまして勇猛であらねばならぬことは重々承知でございます。ですが骨肉相食むいくさを経てまいられたゆえにこそ義元殿は、氏真には猜疑の心を抱かぬ国主になれと、それはもちろん今川がすでに強国のゆえ、疑心暗鬼こそが綻びの因とお考えあそばしたからでございましょうが、ともかくはそのようにお育てになってまいられました。

　幾度か義元殿は寄食の父上様に、氏真にはもう少し厳しゅうしたほうがよいかとお尋ねになりました。

「まさかまさか。武将は性根さえまっすぐであれば自ずと勇ましさは備わるものじゃ。晴信には生来それが欠けておったゆえ、儂は厭でも厳しゅうせねばならなんだのでござる。氏真殿のようにひねくれの欠片もなければ、何の不足がござりましょうか」

　義元殿は真面目なお人柄ゆえ熱心に耳をお傾けあそばし、さてでは武田の義信殿はどうであろうとお尋ねになりました。多分そのときにはすでに、心の内に初姫との縁談を思うておられたのだと存じます。

「義信のことは四つまでしか知らぬが、儂が膝で育てたも同然でございましてのう。いや、あのまま儂が育てておれば面倒など起こるはずもないが」

　そう言って父上様はちらりと義元殿のお顔を確かめました。そしてわずかに眉を曇らせられたと見るや、案ずるには及ばぬと大らかな笑みを浮かべられました。

「なに、武将の資質は持って生まれたものこそがすべてでござる。それが証に、晴信は儂が育てたが、どれほど矯めても歪んだままで大きゅうなってしもうてな。三つ子の魂とはよう言うたもの。四つまで育てておった義信は儂によう似て、左様、晴信も儂のほうにそっくりじゃと幾度も申しておりましたわの」

父上様は初姫との縁談が進んでいるのを見透かしたようにそう仰せになりました。たしかに私に何かあれば甲駿の盟約も元の木阿弥、我が身がこのように病がちともなれば、義信殿と初姫の縁組を考えるのは武将ならば当然だったのかもしれません。

ですが同時に私は、父上様がそのように冷めた目で私をただの道具とごらんになっていたことにも気づいたのでございます。このようなことを申し上げることをどうかお許しくださいませ。ですが申さずにはおられませぬ。

父上様という御方は、人を本心から慈しまれたことなどあるのでしょうか。そしてわずか四歳でその父上様に瓜二つと言わせた義信殿は、人を愛することなどおできになるのでしょうか。四つといえばまだまだ可愛い、純な盛りでございます。そのときに父上様が手放しでお褒めになった義信殿が、初姫を慈しんでくださるのでしょうか。

「義信ほど子柄が良い世継ぎを授かるとは、儂もさすがに思うておらなんだほどでございましてのう。なにせただの四つで晴信を妬ませたほどであった」

そのとき義元殿がどんな顔で聞いておられたか、私はどうしても思い出すことができません。

ただ、今では父上様の御言葉の一つひとつがこの上もなく不吉に思われてならぬのです。

「なに、晴信より義信の器量が大きいことは譜代の家臣どもも一様に気づいておったこと。老臣どもはみな口をそろえて、晴信よりもこの儂に、信虎に似ておると申しましたものじゃ」

父上様は悦に入って、ずいぶん長広舌をふるっておられました。父上様は、晴信と義信殿が不仲だと確信しておられるようでございました。

そしてあのときから今日まで、父上様は義信殿を褒め通しでございます。それも己に似ている、そして晴信よりも父上様に懐いていた、そのことが父上様の義信殿への一番の褒め言葉でございます。

母上様。義信殿はそこまで父上様に似ておられるのでしょうか。

そしてまた、晴信が父上様を追放した後、父上様の家士たちはどうなりましたでしょうか。そうでなくとも武田の家臣たちは強く己の考えを口にいたしました。それは私が今川へ参り、義元殿の家臣たちを見るにつけ、ようも武田ではあれほどにまでお許しになったと空恐ろしゅうなるほどでございます。今川では誰も、義元殿に異を唱えることはいたしませぬ。

父上様の家士たちは、父上様を追放した晴信のことをどのように思うておりましたでしょう。たしかに晴信は巧みに家臣を統率しておるようでございます。ですが父上様が目をかけておられた家士たちは義信殿に、父上様のほうが優れておられた、父上様は晴信に苦汁をなめさせられたと告げておらぬでしょうか。そしてそれを聞いて育った義信殿が、父である晴信に、あの父上様のような顔つきで刃向かうことはなかったでしょうか。

晴信と義信殿のあいだには、父上様と晴信の中にあったような、楔のように打ち込まれた憎しみが繰り返してはおりませんでしょうか。もしもそうなら私の幼い初姫はそのような渦の中へ嫁がねばなりません。今川では、氏真はかつて誰ぞに打擲されたことなどただの一度もございません。義元殿の氏真へのお振る舞いを見るにつけ、私は晴信の不憫を思い出さずにはおられませぬ。

　母上様は以前くださった文に、義信殿の笑みがほんに父上様によう似ている、父上様のお顔を思い出して心が温まると書いておいででございました。ですがそれならば、晴信は義信殿の笑みを厭(いと)わしゅう思っておらぬでしょうか。

　私は晴信に馬から突き落とされたことだけは未(いま)だに忘れられませぬ。そしてあれは私が皮肉に顔を歪め、それが父上様に瓜二つだったゆえに晴信の怒りが爆(は)ぜたと思うようになったのでございます。

　晴信と父上様のあいだにはどうしても相容(あいい)れぬものがありました。それは父子ゆえの濃い血に根ざす、実は互いによく似た顔つきであり息遣いでございました。もしもあのまま父上様が甲斐におられれば、晴信は父上様を殺(あや)めていたかもしれません。それゆえ晴信は父上様を国に入らせなかった、そうしなければ取り返しのつかぬことをやると自覚したゆえの追放ではなかったのでしょうか。

　晴信に突き落とされた私ゆえ分かるのでございます。父上様に似た顔つきをし、力の劣った私を晴信はすんでのところで殺めようといたしました。ならば父上様が晴信よりも力が劣り、父として挑まれなくなれば、晴信がしたことは一つだったはずでございます。

　あのとき晴信は、いい気味じゃと申して卑しい笑みを浮かべていたと思いました。ですがあれは笑みではなく、涙を堪えて顔を歪めていたのです。

「姉上まで私が悪いと言われるのですか。私が、いい気味だと」

晴信はそう申しておりました。

母上様。傍目からも晴信は甲斐を見事に支配しております。私にはつい拳を振り上げてしまった晴信ですが、今ではきっと己を律する術(すべ)を知る武将でございましょう。

では翻(ひるがえ)って父上様はどうであったか。父上様は国主であられたときから、己を抑えることはできかねておられました。母上様がお書きになっていたように、晴信が義信殿にいっさい手を上げぬ父ならば、同じ歳、同じ国主であられた父上様はどうでございましたか。

初姫が嫁ぐかもしれぬ今、やはり私は義信殿の御気質が心にかかります。母上様は昔、一度だけ仰せになったことがございます。晴信がひどく打擲された、その後でございました。この子が生まれるまでは妾が打たれたこともあったのだ、と。

母上様は恐ろしさに震える私たちを和(なご)ませようと、軽口めかして笑ってお見せになりました。晴信は唇を引き結び、ただ黙って母上様に髪を撫でられておりました。

ですが真実、笑ってお話しになれるようなものだったのでしょうか。

ならば初姫は如何なりましょう。温和な今川で育ったわが娘は、嫡男を挙げるまで叩かれ、蹴られるのではございますまいか。

左様でございます。晴信は私たち姉弟妹のためにただ一人、盾となって父上様に打擲されておりました。もしも晴信がおらねばそれは信繁(のぶしげ)になっていたかもしれぬ。いえ、子がおらねばそれはいつまでも母上様だったのかもしれぬ。私は今、たぶんお祖父様の時分にはもうあったに違いない、忌まわしい、近しい者に拳を上げずにはおられぬ武田の血を恐れておるのでございます。

その血はきっと義信殿にも流れておりましょう。晴信が私に一度だけは見せ、後は己の内に抑えこんだように、暴力を己の身のみに引き受ける強さを持つ子に、義信殿は育っておられましょうか。それとも義信殿には、その忌まわしい血は伝わっておらぬのでしょうか。

私にはどうしても確とした念がございます。あの父上様の狂気の目、そして晴信が一度だけ爆ぜさせたあの狂気、それが義信殿にのみ伝わらぬことなどございませぬ。ならば我が初姫は父母もおらぬ他国で、きっと父上様が母上様をお打ちなさったように、ただ一人の恃みとする夫君から打たれるのでございます。とてものこと初姫を甲斐へやるわけには参りませぬ。

「そなたがおるかぎり武田と今川の盟約は絶えぬ。初は他所へやってもよいが、武田殿に痛くもない腹を探られてはな」

義元殿は陽気にそのように申しておられます。私さえ義元殿と仲睦まじゅう暮らしておれば両家は盤石、初姫も義信殿と夫婦にならずにすみましょう。

ですが母上様。私ももういつまで健やかに、御台所の務めを果たしていかれるか分からぬのでございます。

義信殿と同年の氏真を見ているとふつふつと胸に湧いてまいります。義信殿はきっと氏真のようにお育ちではない、父上様が己のようだと手放しで褒められた義信殿は、きっと晴信とは並の父子のようには成長しておられまい。なぜならば晴信も義信殿の中に父上様の面影を見、それを疎まずにはおられなかったはずだからでございます。

義元殿はあまりに父上様が義信殿をお褒めになるゆえ、何も案じておられませぬ。ですがあれは、父上様が晴信を憎むあまりの御言葉です。ならば私はどうして不安にならずにおられましょうか。父上様が己と義信殿が似ていると仰せられるたび、私は初姫をどこか他所へ嫁がせとうてたまりませぬ。

なによりその疑念を大きくさせるのが諏訪御寮人の御事です。

晴信が禰々も顧みず諏訪頼重殿を騙し討ちにして、もう八年が経ちましょうか。禰々が躑躅ヶ崎で恙のう暮らしていると聞いて安堵しておりましたが、晴信はその一方で頼重殿の姫を側室にしていたのでございましょう。

禰々は継室ゆえ、頼重殿にそのように大きな姫があられたことは不思議ではございませんが、その諏訪御寮人が晴信の四男を挙げておられましたとは。もうその子も五つになるそうでございますね。

そして此度、禰々の子が廃嫡となり、四郎が諏訪家を継ぐはこびと聞きました。禰々はもはや先行きにどのような光明を見出せましょう。つくづく我が妹が憐れにございます。

ですが妹の不運まで我が子の先行きを案じる種にするとは、親とは愚かなものでございます。私は、事が果たしてここで収まるかと案じております。

四郎はまこと、諏訪家の当主となりますでしょうか。晴信が義信殿を嫌い、いつか義信殿をしりぞけて、その四郎を己の跡目に座らせることはございませんでしょうか。

私は多分もうそれほど長くはございませぬ。それゆえ義元殿はやはり初姫を義信殿に娶せられれるに違いありません。それならばせめて、初姫が生んだ子には甲斐を継がせてやりとう存じます。身勝手でも、禰々のような思いはさせとうありませぬ。

　どうか母上様、くれぐれも御身を御大切にあそばしてくださいませ。そして初姫が嫁ぎました折は、どうかどうか庇(かば)ってやってくださいませ。

　私は今川の行く末には一抹の不安もございませぬ。そのぶんただひたすら初姫の、武田の行く末が案じられてなりませぬ。我が子を嫁がせる折、女親とは皆そうなるものかもしれません。ですが父上様と晴信、そして晴信と義信殿を思い合わせれば、つい先走らずにはおられませぬ。ただそれを母上様にじかに文で申し上げることのできます我が身を、この上なく有難いことと重ねがさね忝(かたじけの)う存じております。

　母上様のお体がすぐれぬと聞かせる者もございます。ですが馳せ参じるわけにも参らぬ身ゆえ、考えぬことにしております。いつもただお懐かしい母上様。

江井

三

初はそっと母の文字を指でなぞってみた。今川の行く末は案じておらぬ、むしろ武田の先をと書かれた細く優しい文字だ。

文の束は長い歳月で灼(や)けていた。はじめの文など初が生まれる前に書かれたものだから、よく三条の方は残しておいてくれたと思う。

この三通目の文は諏訪御寮人が勝頼を産んで間もなくのもので、それですら十八年が経っている。その文を書いてすぐ母は死に、それは武田の祖母よりも早かった。初は母の喪が明けると義信と縁組をし、武田家へ嫁して間もなく祖母の死に立ち会った。母がこれほどまで案じてくれていたとは十一の身には分からなかったが、そのあとの年月、武田家でいちばん力になってくれたといえば姑の三条の方だった。

三条の方は最後まで京風の佇(たたず)まいを変えぬ、一度として取り乱したことのない凜(りん)とした人だった。自らの挙げた義信が廃嫡にされ、諏訪御寮人の生んだ勝頼が跡目になったときも、信玄には恨みがましいことも言わずに従っていた。初は義信のことでは三条の方が何か口添えしてくれるかと期待したが、ついに初への慰めもなかったし、義信が幽閉されているときも淡々と日々の暮らしを続けていた。

世間では、義信が廃嫡され、ついに自刃したのは、初が今川の出だったからだと言われている。桶狭間の戦いで今川は当主義元を討たれ、いっきに勢力を失った。そのため今川と手を切りたかった信玄が初たちの夫婦別れを言い出したが、どうしても義信が承服せず、武田で孤立しながらも二人は夫婦であり続けたというのである。

そのせいで義信は今川との内通を疑われ、最後には自ら命を絶った。その死は信玄に命じられたものではなかったが、幽閉されているあいだに父子の行き違いはいやでも深くなり、勝頼に織田信長(のぶなが)の姫が娶せられると決まったとき、それは義信の中でも決定的なものとなった。

もう三年も前のことだ。義信が信玄に刃向かうのではないかと噂が流れてすぐ、義信の傅役たちが実際に信玄に謀反を起こし、むろん即座に鎮圧されたが、そのまま義信は幽閉の身となった。あのときはいったん初も駿河へ返されることになっていた。

だが義信は頑としてそれを聞き入れず、疚しいことがない夫婦は別れぬと言い放って初を甲斐に留め置いた。初はそのまま躑躅ヶ崎館で暮らしていたが、返さぬと言っていた義信が死んだので今川家へ帰ることになったのは当然だった。

義信が幽閉されているあいだ、初は幾度会いに行っただろう。不憫に思った三条の方が折を見ては東光寺へ連れて行ってくれたのだが、そこで会う義信はまさに慈しみに満ち、さぞ心細いであろう初の暮らしを案じては嘆いてみせた。

三条の方にも呉々も初を頼むと手を差し伸べて、家士たちの涙を誘っていたものだ。

(だが、そうではない――)

初がため息をついて文を懐にしまったとき、輿の外に侍女の気配がした。

「お初様」

「どうしました。もう駿河に入ったのですか」

「いいえ、それはまだでございます。ただ、鞠姫様がずっとお泣きあそばしておられますので」

三人の輿にはそれぞれ侍女が付き添っているが、鞠姫付きの侍女が案じて知らせに来たようだ。

「宿所まではまだ刻がかかりますか」

「はい。あと半刻ほどは」

それでも初が輿の戸を開けると、外の寒さは甲府よりは少し緩んでいた。

「鞠姫をここへ。降りて来られますか」

初は輿を街道の端へ寄せさせ、戸から後ろを窺ってみた。

姫たちの輿も少しずつ脇へ寄り、鞠姫が降りると聞いた姉の喜久姫もどうやら降りるつもりらしい。

見上げると甲斐の高い峰々は厳かに雪をかぶっている。見馴れたはずの山も方角が違うので、まるで姿が異なってみえる。輿は谷間を進んで来たようで、辺りにはほとんど雪もない。

初は輿の前のほうへ詰め、二人の座れる場所を空けた。上の喜久姫はゆっくり輿が降りるのを待っているが、鞠姫のほうは途中で飛び出そうとして侍女に抱き止められている。髪も気にせずにあわてている姿がまだほんの童女のようだ。

二人は義信のもとへ嫁いで数年で授かった姫たちだった。上の喜久姫を初めて見たとき、義信は頬を紅潮させて目をきょときょとさせていただろうか。そんなときでもよく気の回る質で、何より先に初の里へ知らせよとはしゃいでいた。だが今にして思えば、下の鞠姫のときも信玄にはなかなか知らせようとしなかった。男子ではなかったからだとあのとき初は思ったものだが、信玄が顔を見せたときも父子はどこかよそよそしく、最後まで目を合わせなかった。

はじめの頃、初と義信は夫婦仲も上手くいっていた。ときおり初には首をかしげることもあったのだが、夫婦とはそんなものだろうと大して気にも留めなかった。妻の初でさえ気づいていなかったのだから、三条の方たちが何か勘繰るはずはなかったのだ。

きっかけが何だったかは分からない。というより何かで夫婦仲が冷ややかになる、そんな熱は初めからなかったと今では思う。義信はたとえ初とでなくても、誰か人とまともな関わりを作る男ではなかったのではないか。

義信と信玄のあいだが真実どうだったのか初は知らない。十五年の甲斐での暮らしで初に分かったのは、義信が信玄を無性に嫌っているということだけだったかもしれない。

それは初が嫁いで来るより先にそうなっていたと言うほかはない。義信は己の命を捨てるほうが易(やす)いというところまで信玄を嫌い、そして実際そうしたのだが、己の一念で命を捨てるのは、それほどにまで己を愛していることの裏返しではないのだろうか。

初は義信の死を、そう考えることしかできない。ときに人は己に執着しすぎて命を捨てる。己を小さくされることが許せずに、己をいっそ亡き者にしてしまう。義信はそんな闇に落ちてしまったのだ。

義信の死は信玄が廃嫡を決めたせいでも、ましてや初が今川の姫だったせいでもない。義信は己に恋着するあまり、己を他の何に変えることもできずに死んだのだ。

「母様……」

鞠姫が不安げに胸に手を当てて寄って来た。後ろで喜久姫も窺うような顔をしている。

初は微笑んで二人をそばに座らせた。

そっと鞠姫の髪を撫でると懐かしい武田の香りがする。三条の方がかつて姑へ贈り、初も使わせてもらった京の高直(こうじき)な練り香だ。

「鞠姫は何をそのように恐れているのです」

顔を覗き込んでやると、鞠姫はたちまち目に涙をためた。

「母様、私は甲府を出たことがありません」

「それは姉上様もですよ」

母の言葉に喜久姫がうなずいた。だが鞠姫はいよいよ睫毛を濡らして大きく目を見開いている。

「駿河はどんなところでございますか。いくら母様の生まれた国でも、私はずっと躑躅ヶ崎にいたかったのです」

「鞠姫、母様を困らせてはいけませんよ」

喜久姫が優しく妹の背をさする。だがたった二歳しか違わず、喜久姫もさぞ心細いことだろう。

初は懐から読んだばかりの文を取り出した。

「これは私の母上様が駿河へ嫁がれた後、ふるさとの母上様へ送られた文です。分かりますか、あなたたちのお祖母様が、甲斐におられた大祖母様に書かれたのですよ」

奉書紙を開いてみせたが、細かい流麗な筆跡はまだ喜久姫たちにはあまりよく読めないだろう。

「何が書いてあるのですか」

「あなたたちのお祖父様が、お祖母様にそれは優しくしてくださると」

少しからかうような声で言うと、途端に二人は笑顔になった。喜久姫はふざけて肩をすくめている。

「私も十三で嫁いだのでお祖父様のことはよく知らぬのですよ。ですがとても慈しんでいただきました。そなたたちも不憫ですが、この世では皆、思いがけぬときに親を喪うものです」

父の義元が桶狭間で横死を遂げたことは今思い出しても震えが来る。だがこの世の中で、はじめから思っていた通りに親と死別する者などあるのだろうか。少なくとも初は二十一だった桶狭間のときから、そう考えて生きてきた。

喜久姫たちはまだ四つと二つで、あのときの初は己の心細さばかりで兄の心まで推し量る余裕はなかった。だがとつぜん今川家の当主にされ、敗軍の将となった兄氏真はどうやって今川家を立て直したのだろう。

そうして今、その兄が甲斐での初の暮らしを思って今川家へ呼び戻してくれた。

八年前に義元が死んでから初の暮らしも変わった。東海一といわれた今川ももう滅ぶ、これからは尾張の織田の世だと好き放題に囁かれ、それは初の耳にまで入ってきた。

舅の信玄がそれを境に今川を軽んじ、織田と盟約を結ぼうとしていることは厭でも伝わってきたが、信玄その人の初への接し方は全く変わらなかった。むしろ変わったのは義信のほうで、当初は悲しみに寄り添ってくれているのかと勘違いするほど優しくなり、夫婦仲が元に戻った。

下の鞠姫が生まれたあたりから、初と義信は周りに人がいなければ顔を背け合っているほど不仲だった。べつだん言い争いをするのでも手を上げられるのでもなかったが、初はときおり義信の顔に言い知れぬ邪な笑みを見つけ、そのたびに眉が曇り、その初の顔つきで今度は義信が舌打ちをするという夫婦になっていた。だが夫婦とは大抵そんなもので、取り立てて仲が悪いと家士たちに噂されるほどではなかったと思う。

だが桶狭間の後、義信は侍女や家士たちの前で殊更に、初が不憫じゃ、大切にせねばならぬと実のある声で言うようになった。

――まこと義信様は御台様を大切にお守りあそばしておいでです。晴信様は、もはや今川とは手切れじゃと仰せになりましたのに。

侍女は嬉し泣きにむせんで、信玄のほうを詰った。桶狭間のあとの評定では実際にそのように言われたのだ。

その評定で、冷徹な信玄の後に義信がすっくと立ち上がり、初が義元の娘ゆえ、己はこれからも今川を重んじると一座を睨め回したというのである。

初めてそれを聞いたときは初も、やはり義信とは真の夫婦だったと誇らしくなった。だが言葉とは裏腹に、義信は二人きりのときはいよいよ初を冷たくあしらうようになり、いっぽうの信玄は、初には今川への面当ては何もしなかった。

長年、訳が分からぬと思い続けてきたが、ようやく義信の真意が分かったのは、勝頼のもとへ信長の姫が輿入れすると決まり、ついに義信が癇癪を起こしたときだった。

義信は初のことなど、妻とも人とも思っていなかった。ただ信玄に逆らうために、己の父を苛立たせたいばかりに、初が義元の娘だということを利用した。

――勝頼には武田代々の信の字はやらぬと仰せになっていたのにな。信長の養女、誰にやるかと思えば、儂ではなく勝頼だと？　父上は初が憐れじゃと申したわ。父親を信長のせいで喪うて、そこへ信長の姫が来る。初を側室に落として、たかが養女を正室にするなど正気の沙汰ではないと儂は叱りとばされた。あの父上が、よくも儂に説教など垂れおって！

義信さえ口にしなければ、初は知らずにすんだのだ。義信はただ信玄への嫌がらせで初を去らせなかっただけだった。

しかも義信は己が何を言ったかも気づかずに、思わず涙を浮かべた初を怪訝（けげん）な顔で眺めていた。義信は夫婦になった始めから初を見たことなどなかったのだ。ただ信玄に張り合い、信玄の邪魔ができればそれで満足だった。信玄を否（いな）むためならたとえ己の命が危うくなってもかまわない。初というまたとない道具を、使い切らぬ手などない――

義信は初をかつてなく大切に妻として遇し、ついに信玄に、目に余ると言わせて己を幽閉させた。

だが東光寺は諏訪御寮人の父、諏訪頼重が切腹させられた寺でもある。勝頼に取って代わられようとしている義信にとって、これほど怨念のこもった地もなかっただろう。

――東光寺じゃとな。頼重を見習って儂にも腹を切れと仰せになりたいのであろう。勝頼に祖父の怨みを晴らさせてやるおつもりなのよ。

義信は憑（つ）かれたように妖しく目を輝かせて、初には別れの言葉の一つもなく寺へ籠（こ）もった。

だというのに三条の方とともに訪ねたときの義信はいつも穏やかに微笑みかけてきた。

それは傍からは悟りの境地に立った、覚悟を定めた武将の姿に見えただろう。だが義信は、信玄が手も足も出せぬことにほくそ笑んでいただけのことだ。

――さあ、どうする。かつては己の父を追放し、此度は嫡男をいわれのない内通の廉（かど）で幽閉じゃ。さぞや父上は禍々しい武将として名を残されよう。いい気味じゃ、いい気味じゃ。しゃちこばって書ばかり読んで、結局は子殺しではないか。さあ早う、儂に切腹を申しつけよ。

義信の顔を見るたび、初にはそんな声が聞こえてきた。

――まだか、まだか。父上が儂に死を賜るのはまだか。

義信は亡者に取り憑かれていたのかもしれない。それこそ頼重のような、武田が幾代にもわたって流させてきた血によるものだ。

ならばそれは義信の姫である喜久姫たちにもつながっていくのだろうか。

初はそっと二人の姫を見た。鞠姫はすでに涙は乾いているが、喜久姫に何か囁いて首を振られている。

だが喜久姫も本心では母に聞きたがっている。それはむしろ当たり前なのだ。

「かまわぬのですよ、言ってごらんなさい、二人とも」

喜久姫と鞠姫は顔を見合わせて、姉の喜久姫のほうがおずおずと口を開いた。

「母様。どうしてお父様は亡くなられたのですか。お祖父様がお父様に切腹を命じられたというのは本当ですか」

「私たちには、お父様もお祖父様もとても優しかったのに」

鞠姫はぐっと姉の手を摑んでいる。

「そうですね。ですがお祖父様がお命じになったというのは全く違うのですよ」

初は二人まとめて抱きしめて、今ここで正直に話しておこうと思った。

義信は待ちきれなくなって死んだのだ。己は父のことばかり考えているのに父は応えない。あまりにも己が大きくなり、どれほど父を苦しめられるかと待っているのに、父はいっこうに義信に手をかけない。それどころか一年も二年もまるで忘れたかのように義信を顧みず、義信が因縁の嫡男だということから顔を背けている。

これ以上、信玄が己を忘れることは許さない。義信がどれほどの者であるか、父には思い知らせなければならない。

「お祖父様は、ただお父様の命を惜しんでおられたのですよ。なんとかお父様を救う道はないかと懸命に探しておられたのです」

互いに顔を合わせれば苛立ちばかりが募る父子だった。だから信玄は義信の顔を見ぬようにしていたのに、義信は構われたがった。そして最後に、信玄が生涯誰よりも義信のことを思い続けるように仕向けて旅立ったのだ。

「一方のお父様はお祖父様のことばかりを思い、それを分かってもらうために自ら命をお捨てになりました。そんなことをしなくてもお祖父様は分かっておられたのに」

信玄に、己のこと以上に勝頼を思うことを許さず、義信は、あれはあれでやりおおせて旅立ったのだ。

きっと義信は信玄のことだけを思って逝っただろう。初のことも二人の姫のことも、義信の心にはなかったはずだ。

「私たちはもう甲斐のことを考えてはいけません」

初はそれでいい。武田の代々にわたる恩讐に、初や二人の姫たちまでが巻き込まれることはない。行く末が案じられるのは武田で、今川ではない。あれほどに初を案じてくれた母がそう書いていていたではないか。

「駿河では、それはお優しい伯父上があなたたちを待っておられるのですよ」

「母様の兄上様が」

「私が甲斐へ嫁ぐとき、泣いて惜しんでくださった方です」

姫たちの顔を見れば、初も昏い物思いに囚われているわけにはいかない。

駿河へ帰ることに何の不安があるだろう。初たちはむしろ楽しみにすればいいのだ。

「そなたたちを駿河へ連れて行けることが私に残された仕合わせです」

初は甲斐の空を見上げて息を吸った。義信の死はむしろ、初たちに残されている幸いを大きくしてくれた。

「さあ、甲斐にお別れをしましょう。この先はもう振り返らずともよいように」

初たちは並んで雪をかぶる峰へ頭を下げた。あの向こうにいる三条の方にも幸いがあるように、初はそっと念じて手を合わせた。

春の国

一

春姫が小田原城に入ったとき、庭の奥からきれいな鳥の囀りが聞こえた。

「ああ、雲雀。これは縁起のよいこと」

傍らの侍女綾瀬の言葉に、春姫はそっと耳を澄ました。それからは祝言の間もずっと、もう一度鳴かないだろうかと天守閣のほうを眺めていた。

武田信玄の一の姫、春姫は十二になった今年、とつぜん降って湧いたように縁談がまとまり、相模の北条家へ輿入れしてきた。北条家は伊豆や相模を支配する名門で、相手はその当主氏康の嫡男である。春姫の供は一万人にも膨らみ、婚礼の行列が最後まで城へ入るのだけで半日もかかった。

甲斐と相模は隣国だが、ふるさとの甲斐は高い山に囲まれて雪が深い。それに比べると北条家は穏やかな海を城から見下ろすことができ、年中、春のようにうららかだと聞いていた。夫になる氏政は春姫より五歳年嵩で、生まれ育った小田原の気候そのまま、おっとりした優しい人だと評判だった。

二人並んで広間の上段に座りながら、春姫はそっと氏政の顔を窺ってみた。上背ががっしりとして彫りの深い顔立ちで、春姫の気配に気づくとすぐに笑いかけてきた。思わずこちらの頬が熱くなるような凛々しい横顔で、きっと兄のように頼れる人だと思った。

里といついくさになってもおかしくない北条へ嫁いで来たからには、春姫はこの氏政を恃みとするしかなかった。いくら気候が春のようだといっても、人までは分からない。冬の厳しい甲斐にも温和な父と優しい母はいたのだと思うと、自分からはどう話しかけたらいいのか戸惑うばかりだった。

夜、婚儀を終えて二人で居室に入ると、氏政はまっさきに鳥が好きかと尋ねてきた。

「昼間、庭の鳥を探しているような気がしたのだ。この城には鳥が多いぞ」

「私は雲雀が好きでございます。大手門をくぐったとき、空に昇るような囀りを聞きました。それで、どこかに巣があるのかと考えておりました」

すると氏政はぱっと嬉しそうな顔をした。

「私の姉上も雲雀がお好きであった。鳥好きに悪い者はおらぬとおおせであったが、どうやらお春も優しい気質だな」

これは重畳だと明るく言われ、甲斐からついて来た綾瀬も安堵したように微笑んだ。

そのとき廊下から先払いの声がして、舅の氏康が入って来た。

「おお、綾瀬もおるのじゃな。いや、かまわぬぞ。夫婦水入らずのところを儂だけが邪魔しては気ずつない。綾瀬がおってくれたほうが良い」

氏康は侍女にまで気遣いをし、にこにこと微笑んで座敷の中央に胡座を組んだ。春姫が上座を降りようとすると、大きく手を振って制した。

「すぐ儂は戻るゆえな。ただ一言だけ、姫に聞いてもらいとうて参ったのよ」

新しい夫婦は顔を見合わせた。

「儂はのう、とにかく二人には仲良うしてもらわねば困るのじゃ。春姫にはこの国で誰より仕合わせになってもらいたい。それを言いとうて参った」

春姫は目をしばたたいた。それを氏康は優しげに見ている。

「氏政は堅物での、姫に気の利いた言葉の一つもかけてやれんかもしれぬ。だが心の真は誠実で一本気な男よ。それゆえ姫も、どうか優しゅうしてやってくれ」

「父上、困りますぞ」

氏政が顔を赤らめて両手で氏康を押し戻そうとした。これが裏も表もないことなら、春姫はなんと幸福なところへ嫁いで来たのだろう。

「姫と氏政が仲良うしてくれれば、武田と北条はいくさもなく、民も豊かに暮らすことができる。よいか、頼んだぞ。儂と瑞渓院はそればかりを念じておる」

瑞渓院というのは氏政の母だ。北条家は親子も夫婦もそろって仲が良いと噂されていたが、どうやら真実のようだ。

「ではのう。邪魔をした」

氏康はあっさりと立ち上がった。

「父上、なにもそのようにすぐ行かれずとも」

「いやいや、長居を致したわ」

氏康は大らかな笑みを浮かべると、春姫の前に屈んだ。

「頼んだぞ、お春。くれぐれも夫婦仲良うな」

そう言って春姫と氏政の手を取り、しっかりと重ね合わせた。春姫たちは同時に顔を赤らめて黙り込んでしまった。

氏康が座敷を出て行くと、氏政は重ねた手を軽くさするようにして急いで離した。気恥ずかしそうにしているのが春姫と同じ心のような気がした。

春姫と氏政のこの縁組は、甲斐の武田と相模の北条、それに駿河の今川が、それぞれ近隣国どうし、いくさを避けるためのものだった。三家の当主、武田信玄と北条氏康、今川義元が話し合い、互いの嫡男にそれぞれの姫を娶せることにして誼を通じようと決めたのだ。それでこの一年のあいだに春姫たちのほかには今川氏真に北条から氏政の姉が嫁ぎ、春姫の兄、信玄の嫡男の武田義信のもとには今川から氏真の妹が嫁いでいた。

この三家はもとから強国だったが、信玄や氏康の代には互いが競って今川との縁を結びたがったものだった。だから今川義元のもとには信玄の姉が嫁し、氏康のもとには今川家から義元の妹が来た。

ところが武田と北条は敬して遠ざけあい、隙があれば相手を吞むつもりで向き合っていた。それが今年ようやく、春姫たちの縁組で変わることになったのだ。信玄が春姫を可愛がっていることはよく知られていたから、北条家では二人の縁組に大いに期待していたのである。

「父上には困ったものだ。言わずもがなのことをくどくどと。仲良うするに決まっておるではないか」

氏政がむくれているのも嬉しく、春姫は黙ってうつむいていた。

そのかわりに綾瀬が上手(うま)く口を利いてくれた。

「姫様、よろしゅうございましたね。甲斐で小鳥に目をかけておられた姫様に、きっと雲雀が御恩を感じて、このように素晴らしい殿様を娶(めあわ)せてくださったのでございますよ」

「おお、やはり姫は鳥好きか」

氏政が顔を輝かせ、春姫は精一杯の笑みでうなずいた。皆が願いをかけているこの縁組が、春姫はとても上手くいくような気がした。


明くる日、春姫は氏康とともに城の庭を巡った。築山(つきやま)を越えた向こうに小さな森があり、そのどこからも美しい海が見えた。

木立の森に入るとやはり雲雀の巣があって、つがいの親鳥が枝から石に降りて長い間囀(さえず)っていた。春姫たちがそばを歩いても警戒せずに歌っていたのは、氏政の姉の康姫(やすひめ)がずっと大事に餌をやっていたからだという。

「お康はこの鳥の歌が好きでのう」

なつかしんで氏康は雲雀に目を細めた。

氏康は一人娘の康姫をそれは大切にし、どこにも嫁に出さぬつもりでいたという。昨夜、氏政が教えてくれたのだが、姉をとても慕っていた氏政からみても、氏康の目のかけようは尋常ではなかったそうだ。

「雲雀の翼は鳶やすずめなどと違(ちご)うて、尾の先のほうまでしっかりと体に沿うて付いておるであろう」

氏康はそっとつがいを指さした。

「ああ、それで長いあいだ空を舞うて、鳴き続けられるのですね」

鳥のことでは春姫も心が軽くなり、気負わずに話すことができた。そんな春姫に氏康は笑ってうなずいてくれるので、春姫も少しずつ打ち解けた。

「まこと春姫は名に相応(ふさわ)しいところへ嫁いでまいった。そなたは春の国へ来た春姫じゃ」

裏表もなく笑ってくれる氏康の横顔は氏政に似ていた。

木立を一巡りして茶室をしつらえた離れの前まで来ると、氏康が手招きをして入り口の大きな履き物棚を開いてみせた。

真新しい女ものの履き物がどの段にもたくさん入っていて、手に取ってみると軽く、大きさは春姫にちょうどだった。

「ああ、思うた通りじゃ。お康のために作らせたがの。ほとんど履いておらぬゆえ、よければどうじゃ、お春」

「私などが履かせていただいてよろしいのですか」

「おお、そうしてくれるか。かたじけない、もうお康は使えぬゆえ、そなたが履いてくれれば儂も作らせた甲斐がある」

春姫が足を入れてみたのは踵(かかと)に真綿で椿(つばき)の縫取がある、柔らかな鼻緒の一足だった。錦糸でかがってあるが驚くほど軽く、そっと胸に当てると氏康の娘への心まで伝わってくるようだった。

「父の愛とは真に有難いものでございます」

春姫は信玄のことを思い出して言った。信玄は無口で、他国の武将からは強(したた)かで何を考えているか分からぬと恐れられていたが、春姫にとってはただの不器用で優しい父だった。

氏康は履き物を一つひとつ確かめるように、出してはまた戻していた。

「今川の氏真殿はの、お春」

春姫はうなずいた。氏康が康姫を嫁がせた今川義元の嫡男だ。

「氏真殿はたいそう妹思いと聞いたゆえ、儂も嫁がせる決心がついたのじゃ。氏真殿の妹御(いもうとご)はそなたの兄上の妻になられたろう。ならば氏真殿は武田家と事を構えることは致すまい。となればお康の身も安泰ゆえの」

北条や武田にとって、昔から一番の脅威は今川家だ。北条と今川の縁は氏康と康姫で二代続くことになるから当分いくさというのも考えられないが、かといって今川が武田に触手を伸ばせばそちらの両家は争うことになってしまう。今川がいくさになれば康姫の暮らしも掻(か)き乱されるので、氏康はそれだけは避けたかった。

「このようなことまで考えねばならぬゆえ、お康はどこへもやりとうなかったのだがな」

氏康の願いもむなしく、同盟のために康姫は嫁いで行った。それなら氏真の気性が氏康にとっては何より気がかりになる。

康姫を嫁がせた以上、北条は何があろうと今川とはいくさをしないが、今川が勝手に武田を攻めるようなことになっても困るのだ。

「義父上(ちちうえ)様は康姫様のために、氏真様が武田と争われぬことを望んでおいでなのですね」

「北条はお春がおるかぎり、絶対に武田と敵対はせぬゆえな」

父が娘を思う心はここまで尊いのだ。

わが父上と重なるような、重ならぬような――

春姫は少し案じつつ微笑み返した。

氏康は康姫を出したからには今川とはいくさをしない。だが信玄は、春姫を出してもいくさをしないとは限らない。

かつて信玄は自らの妹の嫁した先を攻め、その夫を自刃させている。そのことをどうか北条の人々が知らぬようにと、春姫はひそかに念じていた。


朝、目を覚ますと氏政はもう朝駆けに出ていた。たとえ雨でも小田原の浜で馬を走らせるのが氏政の毎朝のきまりだそうで、砂を駆ける氏政の馬の脚は格段に強く、背も低かった。

だから氏政の好む馬は脚が太く短く、父の信玄が好んで厩(うまや)に並べていたのとは随分違う。だが氏政はいつも機嫌良く家士たちと浜を一往復して、そのあと弓の稽古を終えてから朝餉だった。

春姫のほうが寝坊をしたのに、氏政は春姫を見て嬉しそうな顔をした。

「さぞ疲れておったろうに。姫は朝餉のとき、そばにおってくれればよい」

氏政はちょうど城へ戻ったところで、信玄ならとても馬とは呼ばないような小さな駒を丁寧に手入れしていた。

氏政は井戸で汗を流して、縁側の春姫の横に腰を下ろした。

「どうだ、小田原の暮らしにも慣れたか」

言ってから氏政ははっと狼狽えた顔つきになった。春姫は一昨日、小田原へ来たばかりなのだ。だが春姫はすぐうなずいて、もう慣れましたと返事をした。すると氏政はいよいよ弾んだ顔になって、二人で笑い合った。

「私の母上はさっぱりとした御気性だが、実は少し激しいところもある。だからもしも厭な目に遭えば、必ず私に話すのだぞ。私は何であろうと春姫の味方をする。そうでなければ、春姫は小田原で一人なのだから」

春姫は有難さのあまりに上手く応えることもできなかった。だが婚儀の列を見たとき瑞渓院が満足げに微笑んでくれたこと、手をとって小田原城の大手門を渡ってくれたこと、その心遣いに涙が出そうになったことを順々に話すと、氏政はゆっくりと待って最後にまたうなずいてくれた。

「姉上が嫁がれて、北条と今川は二代続きの縁戚になった。だが、母上が来られた時分にはまだ、いくさになりかけたことも一度や二度ではなかったそうだ」

五歳上の氏政が幼い時分のことだから春姫は知る由もないが、甲斐を出るときに母から少しは聞いてきた。

今では相模や伊豆を支配下に置く北条家も、いっときは今川に攻められて滅亡の間際までいったという。氏政がまだ八歳のときで、挙兵したのは他ならぬ瑞渓院の兄、義元だった。

むろん瑞渓院は里の今川家へ返されることになり、少年だった氏政はそのとき弟の氏照とともに朝からずっと母の周りで過ごしていた。氏照はまだ母がいなくなることを知らなかったが、氏政はその日、母が旅立つこともその事情も知っていた。

大広間には朝から家士たちが集められ、皆で別れの杯を酌み交わしていた。皆に軽く酔いが回り、やがて瑞渓院が出立する刻限になった。氏政や氏康はもちろん、誰も別れたいと思っておらず、侍女たちは皆そっと涙を拭っていた。

上段で静かに氏康の隣に座っていた瑞渓院が優しい声で氏政を呼んだ。

「私はあのとき、母上が何かなさると分かっていた。黙って今川へ帰られるはずがないと思っていたからな」

氏政はそのときのことを思い浮かべて、くすくすと笑い出した。

瑞渓院は駆け寄ってきた氏政を抱き上げると、そっと氏康の傍らに立った。氏康がぼんやりと見返した刹那、瑞渓院はその脇差を抜き取った。

――妾は今川へは帰らぬ！

突然の大声に氏康は後ろに手をついて仰け反った。

「そうだそうだ、私は、母上はこれをなさるはずだと思っていた」

瑞渓院は脇差を握った右手をすっと高く掲げ、刃を氏政の背に当てた。広間のあちこちで小さな悲鳴が上がり、だがすぐ静まり返った。

――妾は駿河から我が子の行く末を案じて相模の空を眺めておるなど真っ平御免じゃ。子と別れて生きる生涯の悲しみ、今ここで共に死ぬ寸瞬の悲しみと何も変わらぬと知れ！

母の手のひらの熱さが氏政の背に伝わった。氏政はただ母の胸でじっと動かず、母と心を一つにして抗うつもりだった。

「途端に氏照が火のついたように泣きだしてな」

氏政は兄弟が多いが、とりわけその弟とは仲が良く、心底可笑しそうに思い出している。

瑞渓院は刃をかざしたまま下段へ叫んだ。

――何をそのようなところで酒など呑んでおる！　大切な世継ぎを殺されとうなければ、早う妾の里など踏み潰してまいれ！

あまりの剣幕に家士の幾人かが尻餅をついた。

広い広間に物音一つせず、誰もが瑞渓院の刃に釘付けになっていた。真横にいる氏康でさえもただ息を呑んで動けずにいた。

――我が兄、義元の首を獲るまで小田原に戻ることは許さぬぞ！

瑞渓院に睨まれた家士は気を呑まれて夢中でうなずき、氏康に一礼すると勢いよく広間を出て行った。

　それを皮切りに他の家士たちも次々と後へ続いた。

　やがて座敷には氏康と氏照のほかは誰もいなくなった。

「気がつけば氏照もちゃっかり泣き止んでおったな」

　そしてそれきり、瑞渓院が今川へ返されるという話は立ち消えになった。

「殿ばかりでなく氏照様も、瑞渓院様とともに抗われたのですね」

　春姫が笑うと、氏政は少し得意げにうなずいた。

「私もいつか……」

　北条と武田がそんな間柄にならないことを春姫は願い続ける。だがもしそうなったときは、春姫も必ず瑞渓院のようにする。

「母上がそこまでなさったのは、子がおったせいだけではなかったろう。やはり母上と父上は夫婦仲が良かったのだな」

　春姫もうなずいた。あのとき瑞渓院にそれだけの覚悟があったから、氏康も領国の一部を今川に譲ってまで和睦する道を選んだのだ。

「本当に、夫婦次第でございますね」

「ああ。私と春姫次第じゃ」

　氏政がそっと春姫の手に手を重ねた。春姫はその手にもう一方の手を重ね、明日そうなっても同じようにしようと心に決めた。

瑞渓院が駆け込んで来たとき、綾瀬はこわばった顔で春姫を振り返った。
瑞渓院はまだ片付いてもいない春姫の部屋をぐるりと見回し、綾瀬に茶を淹れて来るように命じた。人払いをして春姫と二人で話すつもりらしかった。

「ゆっくり持ってまいれ」

そうまで言われて綾瀬が戻って来られるはずはない。綾瀬は心残りをありありと顔に浮かべて出て行ったが、それを見届けると瑞渓院はくすりと笑った。

「そなたに内密の話があるのじゃ」

氏政も知らぬ話だとからかうように言って、瑞渓院はふくよかな腰を下ろした。
瑞渓院は氏政も受け継いだ切れ長の涼しげな目をしている。理知的で意志の強そうな顔だから、嫁としては少したじろいでしまう。

だが微笑むとたんに茶目っ気があらわれて春姫も驚いた。

「よいか、春姫。妾もなかなか嫡男には恵まれなかったゆえ、そなたも子ができぬとも煩わぬようにするのじゃぞ」

十年授からなくてもまだ二十二じゃと瑞渓院は微笑んだ。

「なにせ大殿などは、姫のほうを他のどの子より可愛がっておられたぐらいじゃ」

「今川に嫁がれた康姫様のことでございますね」

瑞渓院はうなずいた。三家の盟約がなければ嫁にもやらなかったという姫だ。

「それを思えば信玄公もそなたを、いかばかり手放しとうなかったであろう。それゆえせめて、そなたは妾を実の母と思し召せ」

何があろうとそなたを守ると瑞渓院は言った。昨日、それと同じことを氏政にも言われた。

「どうしました？」

「いえ、私は本当に春の国に来たようでございます」

すると瑞渓院はふわりと微笑んだ。

春姫は甲斐の深い雪の厳しさも好きだが、小田原の温もりは格別だった。氏康や氏政たちの輪の中央にいる瑞渓院が、実は小田原を春の陽気にしているのかもしれない。

「大殿がなにゆえそこまで康姫を可愛がっておられたか、これは康姫が幼い時分のことゆえ、氏政も知らぬのだが」

氏政と二つ違いの康姫が五つだったから、ついに氏政は聞くこともないまま康姫は嫁いで行った。

「康姫は足が悪うて、並みの女子のようには歩けませぬ。もちろんそのことは氏政も存じておったが」

「では、あのたくさんの履き物は」

「ええ。大殿がどうにかして姫の足に合うものをと、国中の草履屋に工夫させなさったのじゃ」

幼い頃の康姫は瑞渓院の快活な性質を受け継ぎ、男勝りな姫だったという。氏康が弓と槍の稽古をしているときは決まってすぐそばまで行って、長いあいだ飽きもせずに眺めていた。

だが五歳のとき、氏康の突き損ねた刃が折れ、それが康姫の左足の四本の指を刎ねた。

「あの子は泣きもせず、己の足が真っ赤に染まっていくのをぼんやりと見ていました。妾はあのときの康姫の顔より、大殿の姿のほうをよく覚えています」

氏康は血の気の失せた蒼白の顔になり、目を離せば腹を切ってしまうかというほど思い詰めていた。

以来、氏康は康姫をいよいよ溺愛するようになった。それは女親が子を可愛がるような並みの度合いではなく、康姫が転んだといっては泣き、階段の前で立ち尽くしていたと聞いては泣く、痛々しいほどのものだった。康姫は端から見れば足指が欠けているとは気づかれないが、やはり駆けたり早足になることはいつまでたってもできなかった。

氏康はそれが全部己のせいだと言って、康姫が嫁ぐ間際まで何かにつけては涙を流していた。康姫が足指のことで万が一にも肩身の狭い思いをするのを恐れ、いっそ破談にするかと幾度も口走った。

「康姫のためにはいつか城さえも明け渡してしまわれるのではないかと心配で、妾などはあの子が嫁いでくれてほっとしているのですよ」

わざと明るく微笑む瑞渓院だったが、その目には涙が浮かんでいた。

康姫が他国へ嫁ぎ、氏康にはもうしてやれることがなくなった。となれば春姫にしたことが同じ嫁の康姫にもしてもらえると信じるしかない。

「男の考えることはまこと、むさ苦しいかぎりじゃ」

瑞渓院の案じ顔は、甲斐の春姫の母にも通じた。春姫は甲斐と小田原と、四人の父母に守られてここにいるのだった。

二

「ああ、母上。あれです、父上の馬が見えました!」

大手橋（おおてばし）で国王丸（くにおうまる）が春姫の手をほどいて元気に飛び跳ねた。嫡男の国王丸は六歳になり、春姫は三歳の弟、国増丸（くにますまる）を胸に抱いて待っていた。

氏政と夫婦になって十三年が経（た）ち、春姫は六人の子に恵まれていた。氏政は八年前に家督を継いでいたが、飢饉（ききん）や流行病（はやりやまい）が続いたための代替わりで、実質的な城主は今も氏康だ。それでも氏康と氏政は仲の良い親子だから、二人は小田原二御屋形と称され、氏康のほうが御本城（ごほんじょう）様と呼ばれていた。

「国増丸、父上ですよ」

春姫が胸の子をさすって馬上に向けると、氏政は遠くから笑って軽く手を上げた。

小田原では穏やかな日々が続いていたが、この半年、甲斐では不穏なことが重なっていた。信玄の跡継ぎだった春姫の兄、義信が廃嫡され、新たに異母弟の勝頼（かつより）が嫡子になっていた。しかも信玄は今川との同盟を破るつもりか、義信の妻だった今川氏真の妹を駿河へ追い返してしまったのである。

春姫は兄夫婦が仲睦まじいと聞いていたから、いやな勘が働いてならなかった。信玄はかつて己の父を追放して家督を手にした人だから、その父によって離縁させられた兄は心中どれほど波立っていることだろう。あまつさえ妹を追い返された氏真は怒りのあまりに甲斐へ塩を送るのを止めたといわれ、武田では義信の家士たちが今川と通じた廉で斬首されたとも伝えられていた。

これまで武田と今川は強い同盟が保たれていたが、先だって今川義元が桶狭間の戦いで落命してから信玄の考えが読めなくなった。今や両家がいついくさになってもおかしくないというので、氏政が仲介に出かけて行ったのである。

氏政は大手橋で馬を下りると、春姫から国増丸を抱き取った。残る片手を国王丸に引かせて城へ入った。

「どうだ、国王丸。槍の稽古に励んでおったろうな」

「はい。今朝も祖母上に裸足で庭へ放り出されました」

国王丸がこましゃくれた口をとがらせたので、氏政は春姫を振り返って微笑んだ。

瑞渓院は凜とした竹を割ったような気性だから、北条家の男たちが無口で温和にすぎると物足りながっていた。そこに輪をかけて春姫が物静かなもので、祖父母まで猫可愛がりをしては事だと、国王丸たちを厳しく育ててくれているのだ。

氏政は幼い兄弟に互いに手を握らせると、国王丸の背をぽんと押した。

「ではそなたは国増丸と稽古の続きをしてまいれ。祖母上には父上がつつがなく戻ったとお伝えするのだぞ」

子供たちはうなずいて廊下を駆けて行った。

春姫は居室で氏政の着替えを手伝ったが、どうも氏政には何か言い出しかねていることがあるようだった。

「甲斐の父は息災にしておりましたか」

「いや、それがな」

三家は甲相駿が国境を接する駿河で会ったのだが、信玄は現れなかったという。

春姫はついため息が出た。

「父はもう今川と手切れのつもりでしょうか」

「いや、それはな。ともかくわが北条の仲介は上首尾だった。これで武田と今川が元に戻れば良いのだがな」

氏政は優しく春姫の手を握った。

どうやら信玄が義信の妻を今川に返したのは、氏真から申し入れがあったかららしい。だから義信と信玄がそれでこじれることはなかったはずだという。

だが春姫は胸がざわめいた。縁組を土台として結ばれた同盟だから、離縁になれば甲斐と駿河の間は切れてしまうかもしれない。

「実はな。お春には辛いことを聞かせねばならぬ」

「どうぞ申してくださいませ」

「義兄上様がな……、義信殿が自刃なされたそうじゃ」

思わず春姫の腰紐（こしひも）を結ぶ手が止まった。

「まさか、父が命じたのですか」

義信の家士たちが謀反を企てた話はとうに三家を駆け巡っている。だがそのときも信玄は、義信とはこれまで通りにやっていると知らせてきた。信玄は今も文（ふみ）だけは春姫に遣わすのだ。

「そのようなことはな、お春。義信殿が自ら御決意あそばしたに決まっておるのだ。お春とて甲斐を出て十三年であろう。里とは申せ、もはや他国じゃ。他国のことは分からぬものじゃ」

「ですが父が義姉上（あねうえ）様を今川へ帰るように仕向けたのでございましょう。あの父のことでございます、穏やかな兄が逆らえたはずはございませぬ」

織田信長（おだのぶなが）が義元を討ってから、信玄は今川より織田と誼を通じるようになっている。新しく継嗣（けいし）に据えた勝頼の妻は織田家の姫だ。

「兄上がお気の毒でございます。義姉上とあれほど仲良うお暮らしでございましたのに」

「そうだな。だがもう義信様は御仏（みほとけ）となられたのだから」

氏政は春姫の肩を抱き、背をさすってくれた。

「そのぶん我らは仲良うすることじゃ」

「それは申されるまでもございませぬ。小田原を去るなど、私は考えただけでも背筋が凍えます」

「よしよし、その意気だ」

氏政は国王丸たちにするように春姫の頭を撫（な）でた。

だが今川は義元が死んでいっきに勢力を失っている。その今川を切り捨て、織田とともに駿河を掌中にしようという信玄の思惑は北条にも透けて見える。

「お春はわが母上の話を覚えておるか」

「義母上様が、北条と今川の仲をここまでになされたことですね」

瑞渓院は里の今川と北条がいくさになったとき、自らとこの氏政に刃をかざし、帰らぬと言い切った。その気迫に圧(お)されて、誰も逆らえなかったのだ。

「お春も国王丸を決して離すな」

「無論にございます。私は国王丸と国増丸を抱いて、三人でこの天守閣から一歩も動きませぬ」

城の天守を見上げると、氏政が大きくうなずいて微笑んだ。

たとえ北条と武田の間がこじれても春姫は男たちには左右されない。氏政や子らと離れないという覚悟さえあれば、春姫は己の生き方を選ぶことができる。

兄の死も父の野心も、春姫は今は考えまいと思っていた。

その年の小田原は師走(しわす)に入った途端に小雪が舞い始め、国王丸と国増丸は珍しい雪に大はしゃぎだった。二人は日が暮れるまで庭を走り回っていたが、明くる日に朝日が昇ると雪はすぐ消えてしまった。

朝、国王丸たちは祖母にまだ濡(ぬ)れた土の上へ裸足で出され、むすっとして竹槍を振るっていた。槍といっても刃のない、先に砂袋を結びつけた鍛錬のためのものだ。

瑞渓院はいつものように袴(はかま)にたすき掛けで、手本の槍を突いてみせた。

「構え、前！　さあもう一度。構え、前！」

丹田から出ている瑞渓院の声に比べ、二人の声は寒さに震えて半分涙が混じっている。春姫は氏政と座敷に座り、障子を開けてそんな子らの姿に目を細めていた。

そのとき奥の廊下で、家士が襖(ふすま)を開いて手をついた。

「甲斐の武田信玄公、甲府を出られた由にございます」

「左様か」

軽く応えて、氏政は庭へ目を戻した。

信玄の軍勢はほとんどが百姓から成るので、収穫が終わると領国を出るのが毎年のならいになっている。本格的に冬が始まると甲斐は雪に閉ざされて身動きが取れなくなるが、そのぶん信玄が留守をしても領国は雪に守られる。近在の国々では冬の訪れとともに信玄の侵攻が始まり、兵が田に入らねばならない春に甲斐へ引き上げて行って、ようやくほっと一息つくことができるのだ。

「して、今年はどこへ向かわれる様子だ」

「それが、甲府から身延山(みのぶさん)道を南へ下り、東海道(とうかいどう)へ入られる由にございます」

氏政がつと家士を振り返った。

身延山道は相模と駿河を分ける富士川(ふじかわ)に沿って、東海道まで続いている。大きな宿場町が五つあり、奥津(おきつ)で東海道と交わればすぐ西が駿府(すんぷ)だ。

信玄が身延山道を下るとすれば、まっさきに考えなければならないのは、東の相模か西の駿河に手を出すつもりだということだ。

「ならば我らも出陣の準備をいたさねばの。よもや北条を攻めるつもりはなかろうが」

しかし、となれば駿河へ向かうのだろうか。

駿府には康姫が氏真と暮らす今川館がある。

「殿……」

「お春は案じずともよい。今川を揺さぶるだけのおつもりだろう。昨年、儂が両家の仲を取り持ったばかりではないか。いくさなど起こるはずがない」

だが信玄の行軍は三万に及ぶこともある。万が一のために、北条でも国境の守りは固めなければならない。

氏康はともかく氏政を送り、東海道の三嶋に布陣させることにした。北条からいくさを仕掛けることはしないが、信玄の行軍に合わせて守備の軍勢を出すのはどの国でも同じだ。

だがそこへ続けて、信玄が蒲原城を落としたと火急の使者が来た。

蒲原城は富士川の西岸、駿河国にある山城で、義元が死んでから北条家が鉄炮隊を置いて守っていた。今川に余裕がなくなり北条が支配していたのだが、信玄はどうやらそのうやむやなところを突くつもりのようだ。武田軍は身延山道を東海道の手前まで下り、奥津には行かずに、富士川に沿って相模寄りの蒲原に入ったらしい。

奥津の東、蒲原との間には険阻な薩埵峠があり、今川家はそこを実質的な国境と考えて守りの軍勢を置いている。信玄もそれは知っているから、薩埵峠は迂回して蒲原城という支城から攻めたのかもしれない。

「これは上手くすれば薩埵峠で信玄を挟み撃ちにできますぞ」

重臣たちが言ったのは、東の北条と、西の今川が手を結ぶことだった。薩埵峠は細く険しい山道だから信玄を袋のねずみにできる。

だがそれにはすぐ氏政が釘を刺した。まさか両家の仲立ちをした北条が、今川に肩入れすることはできない。

北条が軍勢を出すのはあくまでも相模の守りのためだ。

「北条が背後で睨んでおるとなれば、信玄公も滅多なことはできまい」

だが信玄が本気で今川を攻め始めたら北条はどうするのか。事実、蒲原城が落ちたということは北条の城兵が殺されたのだ。

「此度は薩埵峠の今川の守りを見極めるためでございましょうが」

「すると次の冬あたり……」

重臣たちが声をひそめた。今年が小手調べだとしても、それで今川が弱いと知れば、信玄は次は躊躇しないだろう。

「信玄め、小賢しいことをしおるな。北条は幾度同じことをせねばならぬ」

氏康は呆れたように手を振った。

「氏政、早う国境への。北条が飛んでくると分かれば信玄も大人しく軍を退くであろう。我らが武田の口車に乗らぬことじゃ」

　氏政もうなずいた。今川が滅ぼされるようなことになれば武田家の版図はいっきに広がる。そうなれば次に北条がその大国から矛を向けられることになるのだ。

「お春、国王丸たちを頼むぞ」

「かしこまりました」

　毎年、この時節になると春姫は肩身が狭い。父の冬の手持ち無沙汰がなんとかならぬものかと春姫はため息をついた。


　十二月の半ば、氏政が伊豆三嶋に着陣したと小田原城へ知らせが届いた。駿河まで物見を出したところ、武田と今川は思ったとおり薩埵峠で睨み合っているそうで、北条が東海道を進めば戦端が開かれかねず、氏政はしばらく三嶋にとどまるとのことだった。

　信玄も春までこのままだろうと、小田原城に残った氏康たちが安堵しかけていたときだった。とつぜん表の大手橋が騒がしくなり、東海道から新たな伝令が駆け込んで来た。

「十三日、薩埵峠の今川氏真様、総崩れとなって駿府今川館に落ち延びられました」

　居合わせた重臣たちがざわめいた。三国には依然、強固な同盟があり、信玄から破棄すると言ってきたわけではない。

　薩埵峠を越えれば奥津で、そこからは四里も東海道を行けば駿府に着く。東海道に出てしまえば、あとは幼子でも軽々と歩いて行ける広いなだらかな道が今川館まで続いているのだ。

「武田軍が手を出したと申すのか」

薩埵峠で突如鉄炮が放たれ、あわてて後退した氏真を見た今川軍が、大将が逃げたと勘違いして我先に今川館へと走ったのである。武田軍は難なくその後ろをついて、勢いを得たまま駿府の町に火を放ったという。

「一昨日じゃな」

伝令が氏康にうなずく。

「今川館はそれから武田に囲まれておるのか。あれは石垣すら持たぬのであろう。さして保たぬぞ」

東海一の大名だった今川が領国の奥深くまで攻め込まれるとは、義元がいた時分には誰も考えたことがなかった。だから本城の今川館は戦いにふさわしい造りをしていない。

「それが、今川館はすでに落ちましてございます」

「なんだと」

「今川館は一日も保たず、氏真様、御台様はその日のうちに遠江の掛川城へご出立あそばしました」

「今川館がすでに落ちた？　掛川だと？」

「氏政様は即刻、救援に向かわれました。ですが」

この伝令に三嶋で同じことを聞いたにすぎない。小田原城から出るより一日か二日早く駿府へ着くだけのことだ。

「しかし氏真殿は、なにゆえ掛川のような遠くへ参られた」

信玄は東海道を東から攻めているから氏真も西へ行くしかないが、掛川は十二里も先だ。辺りには今川の支城がいくつもあるはずなのだ。

「大殿、もしや徳川が」

春姫が驚いてその家士を見返したとき、氏康はすでにうなずいていた。

「先から密約ができておったに違いない。そこまで寝返っておる者があるとなれば」

氏真がとっさに信用できる支城が掛川城だけだったのだ。

だが掛川は相模よりも遠江に近い。義元が死んでからあの周りには徳川の勢力が及んでおり、掛川城が徳川に包囲されるのもあっという間のことかもしれない。

「康姫はもう掛川城に入ったのか」

「それがしはそこまでは見届けておりませず」

「左様じゃな。女子を馬に乗せるわけにもまいらぬわ」

とりあえず氏真たちは掛川城に籠もり、氏政が外から挟んで信玄にそれ以上の手出しをさせぬよう圧迫するしかない。このいくさは武田の先鋒が功を焦ったせいだろうが、信玄には同盟を破った応分の詫びは入れさせなければならない。

伝令は焦れたように立ち上がった。駿府の今川館が燃え落ちたとき、北条へ援軍を頼むために武田軍を突っ切って相模まで走り通して来たのだ。

「すぐ次の使者が参ると存じます。それがしはこれにて」

伝令は氏真のもとへ戻る。掛川へは単騎で走っても一両日はかかるが、あの城なら堀も城壁もある。

氏康はあわただしく増援の手配を始め、やがて日暮れとともに次の使者が到着した。

使者は氏真たちが掛川城へ入るのを見届け、氏政の率いる北条の軍勢とは富士川ですれ違ってきたという。

「氏政様もお急ぎで、それがしには康姫様のご無事をお聞きになっただけでございました。それゆえ何も申し上げませんでした」

まだ二十歳ほどの若い使者は、道中も幾度か泣いたらしい赤く腫れた目をしていた。

ともかく氏真と康姫は城へ入ったので滅多なことはないが、掛川城を出るときには続々と徳川方が集結しているのが見えたという。

「今時分おそらく掛川城は蟻(あり)の這(は)い出る隙間もなく囲まれておりましょう。氏政様も薩埵峠は越えぬと仰せでございました」

「そうじゃな。徳川も出張っておるとなれば、駿河に入れば北条が挟まれる」

氏真の代になってから駿河の支城はどこも独自の道を探り、はっきりと今川の配下には入っていなかった。下手に今川の領国に入れば、逆に寝返った支城から攻められるおそれがあるのだ。

「掛川城ならば今日明日どうということはあるまい。徳川には、今川は武田と北条の同盟国じゃと言うてやれ。康姫に何かあれば、この北条が黙ってはおらぬとな」

「それがしが富士川の陣を出るとき、氏政様も同じように申しておられました。それがしと入れた。

そのとき若い使者はほっとしたようにため息をついた。と当時にその両目から涙が噴きこぼれ

氏康が力強く言い、広間に残る家士たちも拳を握ってうなずき合っている。

「でかした。さすがは氏政じゃ」

違いで徳川方にも使者を出しておられました」

「なんじゃ」

「どうかお許しくださいませ。それがし、いずれ大殿のお耳にも入ると存じ……」

しばらく使者は言いあぐねていた。だがついには決意して顔を上げた。

「今川館にまで武田が手を出すとは、まことに思いもかけぬことでございました」

「ああ、無理もない。武田は我らの同盟国ゆえ」

春姫はそっと目をそらした。信玄の振る舞いは今川ばかりでなく北条に対しても裏切りだ。

「どうした、早う申せ」

「今川館を出られますとき、あまりに急なことで、実は」

「ああ」

「康姫様の輿をご用意することができませんでした」

氏康がぽかんと口を開いて使者を見返した。

使者は己の不始末かのように手をついて背を丸めた。

「姫様をお歩かせすることに相成りました。姫様は、我らの誰をもお咎めにならず、ただ黙って

お歩きに」

春姫は息が止まりかけた。氏康の掌中の珠(たま)の康姫を敵に追われて歩かせた、いや走らせたというのか。

氏康がやにわに立ち上がった。

「そのほうら、輿も用意できなんだと申すか！　庭のそぞろ歩きではあるまい、背後から敵に追い立てられて、その中を徒(かち)で急がせたじゃと！」

「お許しくださいませ。氏真様が抱いてお歩きになりました」

使者はわっと泣き崩れた。

「康姫様は健気(けなげ)にも御(おん)自らお歩きでございました。それを氏真様が、康姫様を走らせるくらいならば儂は館を出ぬと申されて」

座敷の皆が息もできずにいるなか、使者だけがむせび泣いていた。

氏真は輿が追いつくまでの間、ずっと康姫を抱えて走り続けたという。誰が代わると言っても康姫を離さず、二人を守る家士たちは皆、涙を拭っていた。

「氏真様と康姫様はかねがね傍目(はため)にも眩(まぶ)しいほどの夫婦(めおと)ぶりでございました。康姫様も、あまりの氏真様の深いお情けに涙を拭いもなさらずに」

輿が追いついたとき、氏真は誰にも触れさせずに康姫を輿に上げた。そして己が輿に乗れば足が鈍ると言ってそのまま脇を守って歩いた。

春姫は顔を上げていることができなかった。すべては父信玄の罪なのだ。

「もはや我慢ならぬ」

氏康が低い声でつぶやいたとき、春姫は目を閉じた。氏康の次の言葉が分かっていた。

「今日をかぎりに武田とは手切れじゃ！　氏真殿の有難さよ。春姫は即刻、甲斐へ帰るがよい！」

春姫は氏康を見返すこともできず、ぼんやりと宙に目をさまよわせた。広間の家士たちが泣いているのは春姫のためではない。康姫への申し訳なさと不憫(ふびん)さは、春姫もここにいる者たちと何も変わらない。

「今すぐじゃ。たった今、春姫は国王丸たちが眠っておる間に去れ！　よもや異存はなかろうな！」

春姫は気が遠くなるのを必死で堪(こら)えていた。氏康の顔を見ることもできず、家士に手を引かれるままに座敷を出た。


「春姫様」

綾瀬の声に春姫はそっと顔を上げた。

「大事ございませんか。全く御気配がございませぬもので」

十三年、ともに小田原で過ごしてきた侍女の声は涙でくぐもっていた。

輿が停(と)まり、春姫は物見を開いた。相模の国境まで来たときには輿を停めるように頼んでおいた。

「姫様……」

「私だけ輿に乗せていただき、勿体(もったい)ないことじゃ」

輿の先で道が二手に分かれている。一方は甲斐へ続く身延山道、もう一方は東海道だ。

「殿がおられるのは、あちらか」

輿は静かに持ち上げられ、東海道とは別の右手のほうへ折れて行く。

国王丸たちは目覚めれば母がおらぬのをどう思うだろう。春姫が黙って甲斐へ去ったと聞けば、氏政はなんと弱い女だと嫌うだろうか。

暗い輿の中で涙が流れ続けた。子らの顔が次から次へと浮かび、泣いているのが己なのか国王丸たちなのか、春姫には定かに分からなくなった。

三

天正(てんしょう)十八年（一五九〇）、小田原征伐が始まって、長い評定(ひょうじょう)の末に北条家は秀吉(ひでよし)と戦うことに決めた。

「督姫(とくひめ)は小田原を出たのですか、国王丸」

瑞渓院は縁側に腰を下ろしている孫のそばに膝をついた。

「どうかもうその名は。祖母上」

そう言って氏直(うじなお)は苦笑した。

氏直も来年は三十という歳で、氏政から当主を譲られて十年が過ぎる。もちろん実際の御屋形は今も氏政だが、氏直はとうに父の背を抜き、秀吉と戦うと決めたのも氏直だった。氏政は直前まで迷い続けていたが、最後には氏直の決断に従った。

そのかわり氏直も妻の督姫は里へ返していた。督姫は徳川家康の娘で、家康は秀吉とともにこの小田原征伐に加わっているから、敵味方になったうえは仕方のないことだった。

「ともに籠城すると泣いておったのに、不憫なことじゃ」

「返すのが武家のしきたりにございます」

氏政もそうして氏直の母、春姫を甲斐へ返したのだ。

「返さぬほうが結局、皆が仕合わせになるとは思いませぬか」

「そういえば祖母上はお帰りになりませんでしたな」

氏直が静かに笑った。

北条家では皆がいまだにそのことを言うが、瑞渓院の里とこの北条家が争ったときは結局これほどの大いくさにはならなかったので、返すまでのことはなかったのだ。

「これでともかく督姫は死なずにすむのですから」

「返した督姫だけは死なぬとは、そなたとて勝てると思っておらぬのではないか。秀吉には諸大名がことごとく従っていると申しますぞ」

「由緒ある北条家が、百姓あがりの秀吉などに一矢報いずにどうします」

「そのようなこと、どうでもよかろう。女も子供も皆、死ぬのですよ」

瑞渓院は声を落としたが、氏直は顔を背けてしまった。

京で天下を取ったという秀吉は氏政に再三にわたって上洛を命じ、ここ四年は家康からも説得を受けていた。それを氏政はのらりくらりとかわし続け、ついにこの六月、氏政の末弟、氏規の守る韮山城が籠城の末に落ちていた。

　そのとき氏規に城を開かせたのが家康で、氏規は今では家康側の使者として氏直たちに開城を求めている。

　秀吉は海からは一万の水軍を差し向け、陸からは北の上杉など四万と、東海道の主力十七万の軍勢で相模を包囲しつつある。氏政は秀吉の来襲に備えて近在の城を修築し、小田原城の周囲には町をすっぽり包む総構えを掘り抜いていたが、軍勢の差は歴然で、支城は一つずつ落ちていった。

　氏規が先鋒軍の家康からの使者として小田原城へ入ったとき、氏政たちはすでに籠城を始めて四月目にさしかかっていた。日一日と戦況は不利になるばかりで、あとはいつ、どんな条件で城を開くかだけが焦点といってもよかった。

「そなたが籠城すると申すゆえ、氏政も従ったのではないか」

「祖母上。この城の主はそれがしにございます。それがしは秀吉ごときに降るのは名折れじゃと思うております」

　愚かなことだと言いかけて、瑞渓院はその言葉を押しとどめた。

「督姫からも城を開けと言うてきておるのであろう」

すると氏直は拗ねたように足下を蹴りつけた。

「あれは同じことばかり申します。北条は長々と膝つき合わせていっこうに策も定まらぬ、義父上も苛立って、さすがは春の国じゃ、ぽかぽかと日向ぼっこのつもりかと仰せになったと」

だが瑞渓院は氏直と督姫がどれほど仲睦まじかったか知っている。かつて氏政と春姫もそうだったが、あちらは氏康と瑞渓院が騙すようなことをして引き裂いたから、今度はそんなことをしたくない。

「そなたは母上のことは覚えておらぬか」

「いえ、わずかは」

春姫を去らせたのは氏直が七歳のときだった。すでに氏康も死に、近ごろの瑞渓院はなおいっそう春姫に不憫なことをしたと悔いてばかりだ。

「まことに名そのままの、春の日差しのような姫であったの。愚痴など一度も申したことはない。それは気立てが良うて、朗らかに笑うてな。いつも己は後回しに、人の身ばかりを考えていた」

この氏直は赤児のとき、いつも小さな手を全部使って春姫の人差し指をぎゅっと握りしめていた。

瑞渓院にはあのときの春姫の仕合わせそうな笑みが今もありありと目に浮かぶ。

――なんと小さな指でしょう、義母上様。ですが一人前に精巧な爪まで付いているのですね。

あの春姫に、どうして瑞渓院たちはああも酷いことをしてしまったのか。

――幼い康姫の指を喪わせておしまいになって、義父上様はいかばかりお辛かったことでしょう。どんなに義父上様は、ご自分が代わりたいと我が身を苛まれたことか。

春姫ほど氏康の苦しさを分かってやった者もない。それなのにあのとき氏康と瑞渓院は、あまりの信玄への憎しみにすべてを忘れ、流されてしまった。

「そなたにまで同じ轍を踏ませるわけにはゆかぬ」

「なにごとでございますか、祖母上」

氏直は諦めきった笑みを浮かべている。

「督姫のためにも、そなたは城を出たほうがよい」

「もはやどうにもなりませぬぞ、祖母上」

氏康への哀れさで口をつぐんできた瑞渓院だったが、このところは春姫のことばかりを思う。きっとあの世で春姫が焦れているのだと瑞渓院は思った。


氏政は天守閣からぼんやりと城下を眺めていた。武蔵でも下総でも北条方の城は続々と大手門を開き、伊豆の水軍の城もすでに落ちていた。もう敵はいつ総構えの内に入ってもおかしくはなかった。

「これを見てもまだ決心がつきませぬか」

瑞渓院はそっと窓に近づいて町を見下ろした。

「このままでは国王丸と督姫が不憫ではないか」

「いつまでも国王丸と。母上はお変わりになりませぬな。それがし、腹を切る覚悟ならばとうにできております」

「そのようなことを聞いておるのではない」

今ならまだ氏直を助けてやれる。氏直が自ら城の外に出れば、あとは督姫がなんとかしてくれる。

「そなたは父上の最後の言葉を覚えていますか」

氏政がうっそりと立ち上がり、瑞渓院の傍らで肘をついた。

「父上は最後は人の顔も区別がつかぬようになっておられましたからな。それがしの手を握って、お春にはすまぬことをしたと泣いておられた」

「まこと、春姫には我らはどれほど詫びても足りぬ。まさかあれほどすぐにみまかるとは」

春姫は小田原から帰った明くる年に亡くなった。信玄の躑躅ヶ崎館でのことで、ついに氏政とはいくさのどさくさで別れたきり会うことがなかった。

「春姫はそれがしが駿府から戻ったときにはもうおりませんでした。ですが抗えばなんとでもなったはず。母上と違うて、お春は何も申さずに去ったのですから」

かつてこの瑞渓院がしたように、春姫も抗えば良かった。せめてそうしたとさえ聞けば、氏政は後からいくらでも頭を下げて迎えに行っただろう。北条と武田がそれから十年もせずにふたたび同盟を結び直したことを思えば、春姫を返したのは早計だったのだ。

「せめてあともう少し春姫がこの世におってくれればの。怒りが収まれば、信玄と春姫は別じゃと考えてやることができましたろうに」

「過ぎたことでございます、母上。それがしとて、姉上があの足で健気に歩いておられた姿は忘れられるものではありませぬ。父上のお怒りはごもっともでございました」

瑞渓院も、康姫というとその健気な姿をまっさきに思い出す。杖をつけば少しは楽に歩けたのに、氏康が悲しむと思うから杖を使うところは見せなかった。

だが康姫は、今も氏真と仲睦まじく暮らしている。だから真に健気で不憫だったといえば春姫のほうだ。

「妾と父上は、せめてそなたには詫びて真実を話さねばならぬ」

氏政はわずかにこちらを向いた。

「康姫があのような足になったのは氏康殿のせいであった」

「父上の？　姉上の足は幼いときの病が因ではなかったのですか」

瑞渓院は首を振った。氏康があまりにも可愛がって始終そばに置いていた、そのせいで足指を傷つけるようなことになってしまったのだ。

「父上は三月余りものあいだ、辛うて康姫の姿を見るのさえ避けておられた。だが幼い康姫はあれほど可愛がってくだされた父上を忘れぬ。傷が治るとあの足で歩き回って父上を捜してな」

その姿にほだされてついに顔を見せてしまった氏康は、もうそれからは康姫から離れることができなくなった。あとは氏政もよく知る、嫡男より誰より康姫を大切にする涙もろい父だ。

「そのことは妾たちとお康、それにお春だけが知っておった」

「お春……？」

「お父上が何も隠すなとおおせになったゆえな」

瑞渓院と氏康にとって、春姫はそこまで信頼する気に入りの嫁だった。それなのに。

「康姫が信玄から逃げる折、輿にも乗れなんだ話が伝わり、妾たちは信玄だけは許せなかった」

康姫を走らせた、そのことが憎かっただけだ。幼いとき氏康を泣いて捜し回った、あの愛くるしい姿とどうしても重なってしまった。

氏康は氏政に真実を告げることをためらい続け、瑞渓院は氏康がずっと自らを責めてきたことを今さら話すことはできないと思ってきた。

「なぜ妾たちは、そなたに春姫を迎えに行けと申してやれなかったのか」

氏康がためらっているあいだに春姫が死に、信玄が死に、ついに氏康が死んでからは瑞渓院は自分の口からは言えずに今になった。

「康姫の話が伝わったあのとき、春姫が甲斐へは帰らぬと我を通すことは、氏康殿に罪を突きつけることだった。氏康殿が姫をあのような足にしたと暴くにも等しかった」

「では春姫は、父上の御心を思うて何も言わなかったのですか」

「氏康殿が辛うて忘れたいと思われていたことを、春姫が己可愛さに大声で言えたはずがない。それが証に、いまだに康姫の足の因を知る者はおらぬであろう」

――信玄に頭を下げるじゃと？　そうまでしてお春を返させようとか？　莫迦(ばか)を申せ。

氏政がいくさ場から戻ったとき、氏康はそう言って許さなかった。

――お春も、ここにおりたいならばそう申したはずではないか。それにしては随分静かに戻りおったがのう。

氏康が怒りにまかせて言い放つのを瑞渓院もそばで黙って聞いていた。せめて瑞渓院が何か言ってやることはできなかったのだろうか。

「左様でございましたか。父上は姉上のことで、そのようにお苦しみでございましたか」

氏康を許してほしいと瑞渓院が言うことはできない。あれほど夫婦仲が良く、嫡男まで授けてくれた春姫に瑞渓院たちは取り返しのつかないことをした。

「父上もそれがしも、あいこの悲しみでございますな」

瑞渓院は涙が落ちた。あいこなどにすることはなかった。瑞渓院たちは、氏政と春姫の悲しみは雪いでやることができたのだ。

「それがしは一度父上に願ったきり、あとは意地を張ってお春を迎えに行きませんでした」

結局春姫は素直に生国へ帰ったのだ。だから氏政も、北条家を守るためには仕方がないと無理やり己に言い聞かせた。

「なぜお春は母上のように抗ってくれなかったと、それがしはいじけておりましたな」

いじけて意地を張って、信玄の前に頭をこすりつけて春姫を返してもらおうとしなかった。

「それがしは考え違いをしておりました。お春を捨ててまで守った家じゃ、あのときですら意地を張って下げなかった頭を、秀吉ごときに下げられるものかと」

だから氏政は、春の凪の小田原評定だと揶揄されながら上洛もしなかった。甲斐にさえ行かなかったのに、何を願って京などへ行くものか、と。

「母上のおかげで、ようやくそれがしは決めることができました。つまらぬ意地を張って、若い氏直の夫婦仲まで潰してはなりませぬな」

「氏政殿……」

「結局、わが北条を守ってくだされたのは父上ということになりますな」

さっぱりと笑って、氏政は氏直を天守閣に呼んだ。

氏直は何が始まるのかと目を大きく見開いて手をついた。

「そなた、今から舅殿の陣へ行け。ついに儂を口説き落としたと言うてやれ」

「父上、それがしは彼奴ら（あやつ）には降り（くだ）りませぬぞ。義父上にも、とうにそのように申しましてございます」

氏政は苦笑して顔の前で大きく手を振った。

「つまらぬ意地を張って北条が絶えればなんとする。小田原城を開くのは私だ。関八州（かんはっしゅう）の棟梁（とうりょう）、北条家は私が滅亡させた」

「父上！」

「そなたではない、私だぞ。そなたは意地を張るのが良くない」

氏政は微笑んだ。氏康は氏政に決意させることで北条家を救った。氏政もまた翻意（ほんい）することで北条家を救うのだ。

氏政は氏直の額を指で小突いた。

「そなたのその辛抱強さは大したものじゃ。それは亡き母上がそなたにくださったのだ。大切にせよ」

明くる日、氏直は小田原城を出て己の切腹と引き換えに城兵の助命を願い出た。そして十分に引き延ばした四日の後、氏政はついに降伏して城を開いた。

その朝、小田原は霧のような雨が降っていた。氏直は編み笠をかぶり、そっと小田原城を見上げた。

前の日に氏政は氏規の介錯で切腹し、願いどおりに城兵たちは命を救われた。氏直は家康の嘆願もあって切腹を免れ、高野山へ追放されることに決まった。

氏直は城に手を合わせると、わずかの供を連れて歩き出した。

小田原の町を囲う総構えの堀を渡り、最後にもう一度、城を振り返ろうとしたときだった。杖をつき、目深に笠をかぶった女が頭を下げた。

「お督……」

氏直は目をしばたたいた。

「殿がまいられるところへ、私はどこまでもお供をいたします」

督姫も供の者も皆、旅装をととのえていた。

「それはならぬぞ、家康公がお許しにならぬ」

「いいえ。父にも私は連れ戻せませぬ。私は北条家に嫁いだ身でございますから」

そう言って督姫はそっと胸元の懐剣を握りしめて見せた。瑞渓院と春姫が育んだ春の国の勁さは督姫にもつながっている。

氏直は笑みをこぼした。

「ならぬ、ならぬ。高野山は女人禁制じゃ」

「ならば麓(ふもと)で、殿が下山のお許しをいただかれるまでお待ちいたしましょう」

督姫はくるりと背を向けると、先に立って歩き始めた。

如春（にょしゅん）様

一

十六のおふくは湖北の長浜に辿り着いたはじめ、声が全く出なかった。故郷の伊勢長島が織田信長に激しく攻められ、丸二日も逃げて来た夜半のことだった。

村の女と子供ばかりで揖斐川をさかのぼってきて、生きた心地もしなかった。頬を切る冷たい風が暗い湖面を吹き渡り、はるかな向こう岸には叡山の黒い尾根が化け物のような影を伸ばしていた。

あの中腹にあった延暦寺も一昨年の秋、信長に焼き討ちにされたという。ふいに雲間から降ってきた声に人々が顔を上げると、叡山の胸のあたりが赤銅色に輝いていた。禍々しい炎が湖を隔てて長浜まで届き、人々はその惨事を知った。

門徒が大半というおふくのいた長島では、三年ほど前から信長とのいくさが始まっていた。大軍勢に攻められるたび、村は各々どうにか切り抜けてきたが、ついにそれも難しくなった。

長島は木曽三川が一雨ごとに向きを変え、しょっちゅう水浸しになる貧しい中洲の地だ。昔から門徒衆が一心不乱に土地を拓き、田畑が少ないぶん水運が発達した。水軍に似た船団を持ち、尾張や紀伊、大坂ともつながりができていたところを一つずつ信長に断たれていったのだ。

三川から琵琶湖を経て、遠く越前や加賀の門徒衆とも行き来してきたが、今回のおふくたちの逃避行はそんな悠長なものとは違った。

御仏だけが頼りのかつかつの暮らしになぜ目をつけられたのか、真宗を捨てるように命じられたおふくの親たちは信長と戦った。

だがそれも二度三年になり、もう限界だった。長島の女子供は信長の軍が退いているあいだに少しずつ、湖北から加賀の門徒衆のもとへ逃げることになったのだ。

「ふうん。それにしても口がきけないのはちょうどいい。私の侍女にしてやろう。おふくのその目、私が一緒に寝ていた犬に似ておるからな」

長浜でなぜかおふくだけが寺の御堂に呼ばれ、侍が奉っている同年の少女に対面させられた。

一度見れば忘れられない美貌の少女で、臙脂の塗の椅子にゆったりと腰掛けているのはさながら天女のようだった。誰もが埃まみれで着の身着のままという中で、一人だけあでやかな打掛をかぶっていた。

「三位殿、口にお気をつけなされ。朝倉義景公の姫の言葉遣いではございませぬぞ」

そばで二刀を抱いて座っていた侍が眉をひそめた。

すると少女はちらりと舌を出し、おふくに笑いかけた。

「おふくには告げ口ができんのだろ。私が何を言おうが、しゃべる先がないわ」

少女はどことなく悪ぶっていたが、自分のほうがよほど犬のような目をしている。それも、母犬にはぐれ、怯えて肩や耳を小刻みに震わせている子犬だ。

「おふく、私は石山本願寺へ行くのじゃ。いっしょに連れて行ってやろう」

三位が椅子の上で胡座を組み、肘置きから身を乗り出してきた。本願寺とは大坂にある門徒の総本山だ。

おふくは三位の美しさに気圧されて後ずさった。とにかくぷるぷると頭だけは振った。

「私は村の衆と加賀へ参ります。それに、しゃべれないわけではありません」

「分かっている。だから、連れて行くかわりにつまらん口をきくなということじゃ」

おふくは呆けたように目をしばたたいた。

親がいくさで死んでからおふくは長島の寺で暮らしていた。老いた住持は死ぬ間際までおふくの先行きを案じ、加賀の寺ならどうにかなると言ったのだ。

長島の村にはもう親のない子を養う力が残っていなかった。住持はおふくのような身寄りのない娘に門徒の地で尼になることを勧め、自らは村の食い扶持を減らすために入水した。

「ここへ逃げて来たのは、どうせ二親を信長に殺されたからだろう」

三位は自分もおふくと似た境涯だと言ったが、今しがた聞いた朝倉義景という名は大名ではなかっただろうか。

「私は紀州で生まれたのよ。そのあと湖南まで流れて来て野洲におった。ちょうど加賀へ行くつもりだったのだが」

言いながら三位は、そばの侍を見て鼻で笑った。侍は四十半ばで名を八杉某といい、正真正銘の越前の侍なのだという。

紀州の雑賀(さいか)が三位の生まれたところらしいが、そこもまた信長に攻められている門徒の地である。

三位は雑賀でも極貧の暮らしで、信長の新税が厳しくなって村を出た。はじめは湖南の門徒衆を頼ったが、すぐ湖北へ行くことになった。

そうして彷徨(さまよ)っているうちに八杉に出会い、朝倉の姫を名乗ることになった。それから自分でもよく分からないまま、豪勢な衣と塗の椅子をあてがわれたと、驚くようなことを言った。

「では朝倉の姫というのは」

「八杉、話してやれ。大名の姫には侍女の一人もいると言い出したのはお前だろう。私はおふくが気に入った。おふくが行かないなら私も大坂へ行くのはやめる」

おふくはぎょっとして侍を振り返った。八杉がむっと頰をふくらませて鼻息をついたところだった。

八杉はおふくたちの父親ほどの歳(とし)で、頰骨の突き出した顔に金壺眼(かなつぼまなこ)が昏(くら)く光っていた。もとは越前の朝倉氏の配下だったが、ちょうど長島が攻められる少し前、当主義景が信長に敗れて自刃したという。

それからは越前、近江(おうみ)といくさ場を求めて南へ下って来たが、長浜を出たところで三位を拾い、そのときから大坂を目指すことになった。

三位はおふくにも釘(くぎ)を刺した。

「お前、聞いたからには拒めば殺されるぞ。もう諦めるのだな」

きれいな目を細めてにやりとする。そんな三位がおふくにはなぜか悪人とは思えなかった。

故郷の村でおふくは、目の前で川に入って行く住持をどうしても止めることができなかった。あれを見てからは、殺されると言われても世間並みの十六のようには怖がらなくなった。幼い弟妹は三年前の大水で父親と一緒に流されたし、母親は一昨年の信長とのいくさで殺されている。苦労して加賀へ着いたところで、もちろん世話になれるあてなどない。

それなら三位と大坂へ行けば、少しはましなことがあるかもしれない。石山本願寺は諸公事免除でいくさもないというから、寒い北へ行くより南へ下るほうが万般、楽だという気もする。

「八杉は義景の姫を本願寺へ連れて行くと約しておったそうでな。それがどうにも見つからんので、私を姫に仕立てることを思いつきよった」

可笑しそうに手を叩いて、三位は乾いた笑い声を上げている。

朝倉義景の姫は本願寺十一世、顕如の跡取りの許嫁だったという。だが朝倉氏の滅亡で行方知れずになり、八杉は本願寺へ入る口実を失った。

「私を本願寺へ連れて行けば、山のように褒美がもらえるのよ。な、八杉」

三位がからかい続けるので、八杉は舌打ちをして出て行った。

「でも三位様。もしもばれたら大変なことになるのではありませんか」

「仏徒がなますに刻むとでも？　どうせここにいても死ぬるだけじゃ」

このところ信長は天下布武といって諸国にいくさを仕掛けている。守護大名は軒並みその軍門に降ったので、今ではもっぱら門徒衆ばかりが攻撃されている。

おふくのいた長島や三位の紀伊、この近江や加賀と、門徒衆の暮らす土地はどこもいくさが激しい。おふくや三位たちにとっては訳も分からず故郷にいられなくなっただけのことで、同じ門徒だといって頼っても、その地でまたいくさに巻き込まれるのは目に見えている。

「なあ、おふくの二親はどんな死に方をした。お前はうなされることはないか」

三位は優しい笑みを浮かべたまま、辛いことも平気で尋ねる。

おふくの面倒を見てくれた住持は、自らを轂潰しだと言った。その自死を止めることができなかった後悔は、おふくがどこに行っても消えることはない。

「みなしごを食わせるために自ら死ぬとはなあ。親よりも親らしい人間が、稀にはおるのじゃな」

「もしや三位様もですか」

「私の父は金森城で死んだが、それも実の父ではなかったからな。母は人質に出されて、さて今時分、生きておるやら死んだやら」

それも実母ではなかったと笑って、三位は椅子の肘掛けにもたれた。

湖南には金森城、三宅城という門徒たちの拠点があり、湖北の門徒衆も加勢して近江の浅井氏の下で信長と戦っていた。

だが三年前の姉川の戦いで浅井氏が敗れ、それからは葦の陰に身をひそめるような弱々しい抵抗を続けてきた。

それがこの夏、ついに浅井、朝倉が滅亡して寄る辺を失い、生き残った門徒衆は三々五々、越前や加賀まで逃れた。

そうして敗残の群れが北へ向かい、その中にいた三位の美貌に八杉が目をとめたのだ。

八杉が替え玉を持ちかけたのはそのときだ。

「加賀へ逃げても、死がほんのわずか先に延びるばかりよ。一日でも安楽に座っておられるなら、そのほうがよほど有難いわ」

三位が袖口を摑んでぱたぱたと顔を扇ぎ、きらびやかな光がおふくの目を弾いた。

周りを虚仮にして笑っているが、いくら悪態をついても三位の美貌は霞みもしない。もしも黙って口を閉じていれば、本物の朝倉の姫も敵わないかもしれない。

「でも本願寺へ行くとなると、法主様をたばかるんでしょう」

本願寺の顕如といえば、名を口にするのも畏れ多い生き仏様だ。

だが三位は、あはは、と笑い声を上げた。

「顕如様より、その妻だという如春様じゃ。私は生き菩薩の如春様とやらに会うてみたい」

「如春様?」

この世に、と三位はおふくをからかうような、たぶらかすような目をした。

「とても人とは思われぬ、菩薩様のような御方がおるそうな。どんな悪人もその御方を見て、お声をかけていただけば、すべての罪が浄められるのじゃと」

まさかそんな、とおふくは俯いて笑った。

だが三位は意外にも真剣なようだ。

「ああ、信じられぬ。だからこそ会(お)うてみたいではないか」

「如春様に会いたいのですが」

「うん。如春様に会えば罪の穢(けが)れが消えるのだろう？　なら、騙(だま)くらかす罪も消える」

思わずおふくが噴き出すと、三位も恥ずかしそうに笑った。

おふくと同い年のこの少女はなんとも純真だった。如春に会えば己の罪が消えると信じて、犯さなくてもいい罪を犯そうとしている。

「だったら三位様。本願寺へ行くのを止(よ)せばいいのに」

そうすれば三位には罪などない。

「このようなときは、なよなよと頭を下げておる者から死ぬるのよ。御仏が、本願寺が、私やおふくに何をしてくれた」

三位のいた湖南では、金森城が落ちたとき大勢の者が河原で磔(はりつけ)にされた。

そのとき信長に服従を誓った周辺の村々は妻子を人質に出すように命じられたが、村の中でも力のある者は身代わりをたてた。

三位の面倒を見てくれた育ての母も、その身代わりの人質にされた。

「村名主(むらなぬし)の妻ということにして、信長の軍勢に渡しおったのよ。当の名主なぞ、侍どもの前で涙ながらに、お前を人質に出すからには決して刃向かいはせぬとぬかしておったがなあ」

村名主は、かわりに三位を食わせてやるとそそのかして人質にさせたのだという。夫を亡くした三位の育ての母親には、他に食う術（すべ）がなかった。

「で、この顔が災いしおった」

三位はただ愉快そうに己の頬を指さしてみせる。三位というのは妙に清らかで、僻（ひが）みや妬（ねた）みが小指の先ほどもない。

「名主の女房がな、名主が私を妙な目で見ると難癖をつけて、あっさり私を加賀へ送り出すことにしての。命をかたにした願いもなにも、明くる日には反古（ほご）じゃ」

そうした村の持て余し者から順に湖北を目指すことになり、三位は運強く姫に化ける機会を得た。

「なにが御仏の尊い教えなものか。こんな目に遭うのも本願寺と、御仏が与えたこの顔のせいではないか。ならば報いの分は取り返してやるまでじゃ」

三位は挑むように覗（のぞ）き込んできた。

だがその目はというと、女でもつい吸い込まれるようにきらきらとまたたいている。それなのに三位は己の美しさを誇るどころか、厄介な荷のように思っている。

おふくは三位と顔を見合わせて微笑（ほほえ）んだ。

「まいりましょうか、三位様。そっちのほうがましなのは決まっていますから」

すると三位はぱっと明るい顔になった。寂しげな子犬のような目が、ようやく誰かの膝を見つけたように笑っていた。

二

石山本願寺は海にせり出した上町台地の突端にあり、寺内町も含む何十町とある敷地が淀川と大和川に囲まれていた。

大伽藍の石山御堂のほかにも大小の塔頭や御堂がひしめきあい、海から右回りに野江、守口、難波、住吉と、見渡すかぎりの広大な寺域を支配下に置いている。

道がわりに淀川の支流が流れ、橋が架かり、あちこちの船着き場で荷が積み下ろされていた。

その本願寺は六年前の秋、寺内町から鉄炮を放ち、信長といくさを始めたのだという。顕如が諸国の門徒衆に決起をうながし、それに応じたのがおふくの故郷の長島であり、三位の雑賀、二人が流れ着いた湖南、湖北の地だった。

「なぜこのようなことになったのか、妾には正直に申してください」

大坂の石山本願寺へ入って三年が経ち、おふくは初めて如春のもとへ呼ばれた。如春は本願寺十一世、顕如の妻だ。

石山本願寺を城とするなら、如春はまさに城主の妻、それも信長に唯一互角に対峙する日の本最大の城の女主だった。

「そなた、今も三位とは親しいそうではありませんか。三位の心を考えたことがないのですか」

三位は今もおふくへの接し方は変わらない。だが表むき三位は正室、おふくは側室ということになっている。

四半刻ばかり向き合っている狭い座敷に、如春の辛そうなため息が漏れた。

「悪いのが茶々丸だというのは分かっています。妻の侍女に手を出すなど、それが御仏に仕える者のすることか」

母の如春と妻の三位は、いまだに教如を幼名の茶々丸で呼んでいる。

如春は京の三条家の出で、生まれてすぐ顕如の許嫁になった。顕如との夫婦仲は傍目にもまぶしいほどで、長男、教如の下にも男子がある。

如春の二人の姉はそれぞれ管領の細川家と甲斐の武田信玄に嫁ぎ、およそ天皇家に次ぐといってもいい高貴の身分だ。

その如春が伊勢の長島という痩せた地の、しかも己では田の一反も持たない門徒百姓の娘に直に口をきかねばならないのだから、苛立ちももっともだ。

なによりおふくのほうが、畏れ多くて身がすくむようだった。

「茶々丸は決して修行も怠ってはおらぬ。それゆえ妾は少々の女のことは考えぬようにしておりました」

「まことに、お詫びの申し上げようもございません」

如春は怒っているのではなく嘆いている。それがおふくにもはっきりと伝わってくる。

教如はまだ十九だが、これまで幾人か側室がいた。ただ学識は父の顕如もすでに一目置くほどで、しかも信長と戦っている今は、並の武将どころでない勇猛さと軍略から、門徒衆の期待を一身に集めている。如春も顕如も、教如のことは親の欲目で見ないようにすることを、これまでは唯一案じていたといってもよかった。

それが許嫁の三位が来た途端、どこの馬の骨とも知れぬおふくを側室に加えてしまったのだ。気に入りの嫁である三位が嘆くのを見るにつけ、如春はいくら男女のこととはいえ黙っているわけにはいかなくなった。

多少のことには目を瞑ってきたが、三位の生んだ可愛い盛りの孫が死に、後れて生まれたおふくの子だけがすくすく育っているとなれば、黙っているほうがおかしい。

「詫びなど、そなたが申す必要はありません。妾はただ、なぜかを聞きたい」

如春は感情をあらわにしたこともない、誰からも慕われている穏やかな人だった。末寺から集まった修行僧には親身に目を配り、厳しい仏門修行のさなかに如春が加わると、雨の野道で菰を着せかけられたようだと誰もが口をそろえる。門徒の女衆を集めて如春が説話をすると、教えの有難みが甘露でも飲み干したように体に染み渡っていく。

「のう、おふく。話してくれませんか」

おふくも如春の苦しげな顔は見たくない。嘘をつこうなどとは思いもよらない。

三位はこの如春に会うために石山本願寺へやって来た。そしてあっという間に心底、心を奪われ、今ではかたときも如春のそばを離れようとしない。

おふくは目をそらすしかなかった。

「長島が手ひどい目に遭わされましたとき、教如様は必ず仇を討ってやると申してくださいました」

「そなた、それでほだされたと申すのですか」

おふくは縮こまって手をついた。つねに凜(りん)とした如春はまだ三十半ば、だが年をとった高僧でさえ敬う思慮深さがある。

顕如が諸国の門徒衆に信長に屈せぬようにと檄文(げきぶん)を書き送ったとき、それにもっとも忠実に従った一つがおふくのいた長島だった。

そのため長島は幾度も攻められ、そのたびに守り抜いて、およそ五年も踏ん張っただろうか。

だが信長は周辺の村を一つずつ潰し、長島を巧みに孤立させていった。そしておふくが村を出たちょうど一年後、長島は一族郎党、皆殺しにされた。

最後まで残った長島城を明け渡すとき、城将が自害するかわりに籠城衆は救われることになっていた。それで城を出て信長の軍勢に降って行ったところを、いっせいに鉄炮を撃ちかけられたのだ。

「私があまりに打ちひしがれておりましたもので、教如様が励ましてくださいました」

「では、ほだされたのは茶々丸のほうですか」

如春が呆(あき)れてつぶやいたのもそこまでで、すぐに鋭い目がまっすぐにおふくを見据えた。

「そなた、三位への感謝だけは忘れてはなりませぬぞ」

「はい。私がここへ参ることができましたのも、三位様が拾うてくださったゆえでございます」

「その通りです。三位はそなたへの恨み言ひとつ口にせぬのですよ。くれぐれも三位を苦しめぬようにしてやってほしい」

おふくはもう一度、ひたすら身を小さくして頭を下げた。

その夜、おふくがぼんやりと細い月を眺めていると教如がやって来た。こちらの顔を見ただけでさまざま考え合わせたようで、ふんふんと小さくうなずいて隣に腰を下ろした。

教如はいつも自信に溢れ、声にまで独特の艶があって話も巧い。がっしりとした体軀に如春譲りの優しげな顔つきで、熱を入れて話すときは男から先に惹きつける。

それが穏やかに微笑むと、老婆でも童女でも必ず釣り込まれて笑顔になった。

「如春様はどうであった。叱られたのであろうな」

「いいえ。およそ人にお怒りを向けられる御方ではございませんので」

「いっそ真実を申して差し上げればどうじゃ」

教如は涼しげな目を細めた。

この容貌で、次の生き仏様は片端から女を虜にする。おふくはまさか教如が己一人のものになるとは考えたこともないが、仲も二年を越え、人並みに執着が湧くようになっていた。

「真実とは何でございます」

「決まっておるわ。如春様が大切にしておられる朝倉の姫は、実はどこの生まれとも知れぬあばずれだとな」

「またそのようなことを。三位様は歴とした朝倉義景様の姫でございますよ」

だが教如は薄笑いを浮かべて、すぐおふくを遮った。

「おふくさえ気にせんのなら、私はどうでもよいがな。そのことは三位も申しておろうゆえ、私も案じぬようにしておるが」

「三位様が私に何を申されると?」

「妾に気遣いはいらぬ、茶々丸と仲良うやれとな」

女の声色を使って身をくねらせたので、おふくもむくれた。

「あなた様はそんなことを考えておられるほど、お暇ではありませんでしょう」

「ああ、確かにな」

　とたんに屈託もなく笑顔を弾けさせた。

　教如はおふくに近づいた最初のときから、三位が朝倉の姫ではないと見抜いていた。三位が話すはずはないし、おふくも決してかまを掛けられまいと用心し続けているが、どうやら真実、分かっているようだ。

　そもそも教如とおふくの仲を取り持ったのは三位だった。

　――茶々丸殿はおふくにご執心らしいぞ。

　三位が笑って、上手くやれと言ったので今のようなことになっている。

　教如はおふくの膝に頭を置き、畳の上にごろりと横になった。

　昨日、安芸の毛利家から十万石という兵糧が届き、本願寺はいっきに活気づいていた。

　本願寺の周りはあちこちの川が大坂湾につながっているが、このところは織田の水軍に閉ざされて行き来がままならなくなっている。それを毛利水軍が蹴散らして、木津川づたいに千艘余りの船が上町台地へ横づけしたのである。

その圧巻の眺めは、顕如こそがこの世の主なのだと、あらためて門徒衆の胸を熱くさせた。

「今こそ攻めどきだと、私は思うのだがな」

今年は加賀の門徒衆が上杉謙信と和睦し、北陸がほぼ門徒一色に塗り替えられていた。毛利も兵糧を運んだほどだから、もう本願寺方につくと明らかにしたのだし、これで本願寺は信長よりも優勢になった。

教如はおふくの顔の前で指を折っていった。

「越前加賀に紀伊、大坂、安芸。信長なぞ、今ひといきに踏み潰してしまえば良かろう。もはや袋のねずみではないか」

「それはまた、壮大な袋でございますね」

「ああ、そうよ。信玄は亡うなったが、そのかわり越後の上杉は加賀の門徒衆と一枚岩じゃ」

そのどれもが信仰で結ばれているので、各地の末寺は、顕如が文を書けばいつでも一斉に蜂起する。

「だというのに、法主様は今ひとつ嬉しそうになさらぬ。これでまた、いくさが延びるとでも思うておられるお顔だな」

上杉が加賀の門徒と手を結んだのは、信玄という脅威が消えたからだ。本願寺は上杉のような加賀門徒の敵がなくなったかわり、信玄というかけがえのない盟友を失った。

信長への出方では顕如と角突き合わせてばかりの教如だが、誰より認められたがっているのは他ならぬその父だ。教如が大して関心もない女をあちこちに囲うのも、顕如と如春にかまわれたいからではないかとおふくは思っている。

二人に最も気を揉ませるのが三位がらみの自分だから、おふくのこともわざと側室にしているに違いないのだ。

教如はおふくの膝の格子柄に指を這わせていた。

「法主様は、毛利も雑賀も、いつ寝返るともしれんと仰せになる」

おふくは顕如の姿は見たことがない。内裏におわす帝と同じで、いつも大勢の僧に取り巻かれているのを遠くから見上げるので精一杯だ。

「あの兵糧をもたらした毛利が、本願寺に逆らうとはとても思えません」

「そうだな。だが法主様は、まずは雑賀が織田に調略されると仰せであった」

雑賀は五つの郷からなる門徒衆だ。長島が滅ぼされたとき逃げ込んだ者も多く、本願寺が持つ鉄炮はほとんどがそこで造られている。

そんな雑賀が本願寺から離れるというのも信じられないことだ。

「毛利も雑賀もな、この本願寺が倒れれば己がじかに信長に当たらねばならん。それが厭さに今は懸命に本願寺を支えておるのよ。結局は法主様の読みの通りであろうな」

それなら教如はもっと顕如に従えばいい。だが教如はどこかわざと父に逆らいたがっているように見える。

教如は案ずるなというようにおふくの手に指をからませてきた。

おふくといると教如はひねくれの虫が収まるのに、日が昇り、外へ出るとがらりと人が変わってしまう。

昼と夜ではまるで違って見えるのがこの教如だ。ここにいるのは気弱で父親の目を気にする若者だ。

「それよりも如春様よ。三位のせいで私はすっかり疎まれてなあ。三位はまこと、女にしておくのは惜しい策謀家だ」

おふくもため息をついた。

結局、教如も如春なのだ。本願寺にいる者はおふく以外、誰も彼も如春に心を蕩かされて、いつでも命を賭けると言う。

三位は教如のつれなさを嘆くふりをし如春の同情を買っているのである。

「あなた様は、三位様とは相変わらず気が合うておられるのですね」

「それも分からん。なぜおふくは妬きもせぬ」

「ご身分が違います」

おふくは毎日そう思って本願寺で暮らしている。三位は今や、完全に朝倉家の姫だ。

「何年経っても、おふくは私より三位に仕えておるのだな」

「私は三位様の侍女でございますよ」

今でこそ住まいも別だが、本心ではここへ来てすぐの頃のように、毎晩でも語り明かして過ごしたい。

「三位はどうも巧みに人の心を釣るのよな。如春様も何かと言えば三位、三位じゃ。あの方は娘がおられぬゆえ、三位を真に可愛がっておられる」

「三位様も母君はおられませんから、端から見ていると実の母子のようでございますね」

「ああ、そのおかげで私は母を失いかけよ」

教如は明るく笑ったが、如春のことを話すときの常で、どこか寂しげになる。おふくには教如が、いくささえも二親の気を引くためにしているように思える。

「なぜ如春様は私に、朝倉の姫を大切にせよとまっすぐにお叱りにならぬのであろうな。もしも理由を問うてくだされば、私も真実を話してやるのだがな」

教如はまたおふくの膝に顔を伏せた。

「如春様にあのような冷ややかな目を向けられるのは、私はもうかなわんぞ」

「それでも、あなた様はそのようなことは仰せになりませんよ」

「いいや、言うてやる。明日こそ言うてやる」

教如はそれきり、おふくの膝で眠り込んでしまった。


石山本願寺の塔頭(たっちゅう)寺院もその門前町でも、皆が明るく大らかな笑い声を上げていた。春には雑賀が信長に攻められ、凄惨な被害が出たばかりだったが、如春に第三子の阿茶丸(あさまろ)が生まれたのだった。

その吉報が駆け抜けた幾日後か、三位がおふくに会いに来た。

三位は石山御堂のそばの邸で暮らし、池のある庭の裏手がおふくの建屋とつながっている。三位は気まぐれに池伝いにやって来て、初めて夜闇のなかを来たときはおふくもそれは驚かされた。

「おふく、おふく」

縁側から低い声で呼びかけて、おふくが気づいたときにはもう座敷にちょこんと座っている。三位もおふくも二十歳になったが、三位はおふくの前ではいまだに子犬のように気安く振る舞っていた。

三位は本願寺に入ってからずっと、側室に夫を奪われた正室としてふるまっている。だからおふくが教如と睦まじいのは役に立ち、いつまでもそのままでいてほしいと言うのだ。

どうも三位は人というものに好悪がなかった。夫である教如のことですら何とも思わず、ただ如春だけを慕っている。

ここに舟で入った最初のとき、如春が桟橋まで駆け下りて手を差し伸べ、三位がその手を摑んだときからそうなったのだ。

「このところ如春様はさすがに赤児に夢中でな。はじめは妬いたが、どうも私まで、あの子ばかりは可愛い気がしてきた」

その夜も三位はいつの間にか座敷に座り、おふくが気づいたときには、履き物を懐にしまいながら片手で脇息を引き寄せていた。

おふくは枝豆を持ってきて、三位の前に出した。

「やはり三位様は赤児が好きになれぬのですか」

「うん。私は親に目をかけられた覚えがない。それゆえだろうな」

べつだん辛いことでもなさそうに三位は言う。

三位は生まれてすぐ二親を亡くし、村の供物（くもつ）として無人の社で育てられたという。小さい時分の記憶はなく、気がつけば色のはげた朽ちかかった祠（ほこら）の奥で、捨て犬と寝起きしていた。村人が社に供え物をし、それを取るかわりに訪れる男の相手をした。

だというのに信長が攻めて来るとなったとき、無住の社は真っ先に村人の手で焼かれ、三位は村から追い払われた。

あとは犬の行くにまかせて後を歩き、湖南まで流れて来た。

そしてそこで面倒を見てくれた女が、名主の妻の代わりに人質に出されたのだ。その女も、集落ではいちばん下の貧しい暮らしをしていた。

「私は母というものを知らん。赤児などとても育てられるものか」

「そんなことはございませんよ。三位様は不思議に人から目をかけられなさいます。そんな方は赤児のほうが勝手に懐きますよ」

雑賀の社で三位が育てていた犬は、三位が野洲に着くと姿を消した。すると入れ替わりのように女が現れて、なぜか三位の面倒を見たという。

だがおふくにはその理由が分かるような気がする。三位はいざとなれば、己の持ち物は命でさえ軽々と差し出して、こちらを守ってくれると信じられるのだ。

三位は本願寺に入ったときから、見事に朝倉の姫になりきっていた。許嫁の教如と対面したとき、三位は周囲を釘付けにするあでやかな笑みを浮かべ、すぐ教如の心を蕩かした。

教如は上背のある整った顔立ちの男だが、三位がふらふらと近寄ってその腕に心細そうにすがりついたとき一瞬目を剝いた。だが、労るように肩を抱き、そのまま二人で奥へ消えていった。

明くる朝、三位はにやりとして、

——私の素性も知れたようじゃな。

ぽつりと言って、そのままくつくつと笑い続けた。それでも教如に追い出されないだけの確信はすでに手にしていた。

——茶々丸は並の男ではないからの。夢中にさせるには仕方がなかったのよ。

おふくもそのうちに分かるだろうと、三位は愉快そうに肩を揺すっていた。

——茶々丸は信長と戦うために女を抱いておる。閨へ入る毎、女から力を得る珍しい男だな。

私は男に何かを取られるのは真っ平だがな。

教如はいくさのせいで頭が冴え返っている。白湯を飲んだくらいではとても寝つかれぬので女を使っていると、三位は言った。

まさか真実それだけとは思えなかったが、三位はそのあとすぐ教如から離れた。

あとは教如の冷淡さに泣かされているふりをして、如春の傍らに居続けた。

「私は如春様だけは本心、好きでたまらぬ。生き菩薩様というのはまことじゃ」

菩薩がどんなものか知ったことではないが、と三位はふざけて舌を出した。

「その姿を見るだけで心が温もってくるとは嬉しいものだな。温もるとは、犬と眠ることしか知らんかったが」

如春の子だと思えば教如にも惹かれると三位は言った。だがそれはおふくの教如への情とは全く異なるのだと、他ならぬおふく自身がよく分かっていた。

「おふくのおかげで、私は如春様に優しゅうにしていただける」

如春を思い浮かべて、三位は嬉しい嬉しいと子犬のようにはしゃいだりもする。人を残らず振り向かせる美しい顔で、胸の前に手のひらを合わせ、一心に如春だけを思っている。この三位を見れば、誰もその素性は疑わない。

「私は如春様にだけは未来永劫、嫌われとうない」

「本当に菩薩様のような御方なのですね」

「うん。きっと、人ではない」

三位のその顔を見ていればおふくの心まで和んでくる。三位は己の産んだ子を抱いているときもぼんやりとつまらなそうにしていたから、おふくに嘘はついていない。

だがおふくたちが石山本願寺に入って四年が過ぎ、三位が如春に可愛がられるようになればなるほど、如春と教如のあいだには少しずつさざ波が立っていった。

次の法主になる教如が朝倉の姫を無下に扱い、侍女のおふくに執心している。教如はえらそうにいくさを差配しているが、如春に言わせれば、その前に己の身を修めよといったところだ。

「私はこれでも必死で、如春様の前では朝倉の姫らしくふるまっておる。教如がどう思われようと、そこまで考えてやる余裕などないわ」

「心配なさらなくても、もう三位様の素性は知れませんでしょう」

三位をここへ連れて来た八杉は、すでに謀反を起こして殺されていた。本願寺でいっこうに厚遇されず、いつまでも侍衆に顎で使われているのに我慢できなくなったようだ。

「あのとき三位様は、これでもう盤石だとおっしゃっていたではありませんか」

いつも風が吹き抜けていくようにさっぱりと明るい三位だが、そのときは顔が翳っていた。

「如春様は、卑しいものは目に入るのもお厭じゃわ」

「三位様はもう朝倉の姫様でございますよ」

おふくは三位の手を握り、力をこめて揺すぶった。そのときふと、三位がおふくに教如を与えたのは、おふくが裏切って素性を明かさぬようにするためだろうかと思った。

そして内心、首を振った。三位にはおふくなど足下にも及ばない心の清らかさがある。如春が三位に目をかけているのも、三位のその純真さを見通しているからだとおふくは思っている。

だから三位に、そんな醜い駆け引きはできない。

そう思ったとき三位が微笑んだ。なぜか美しさより寂しさのほうが伝わってきた。

「茶々丸を産むときはずいぶん難産なさったそうじゃ。如春様は表向き茶々丸には厳しゅうしておられるが、いちばんの御大切は茶々丸だな」

そんな如春と教如の仲を、三位は裂きかけている。三位はそれがこのところ気になって仕方がない。

「酷いこととは承知だが、私は如春様と離れるのだけは厭じゃ。真に如春様を思うなら、私こそ消えねばならぬのに」

「考えすぎですよ。三位様は母子というものをご存じないので、良いものばかりでできていると思われるのです」

親を殺す子もいれば、子を捨てる親もある。おふくはそれを当たり前に知っているが、三位の純真さが逆にそれを思わせないのだ。

それでも如春が誰より教如を大切にしているという三位の言葉は、いつまでもおふくの胸に残った。

三

阿茶丸が生まれた明くる年、本願寺方の水軍は信長配下の九鬼(くき)水軍に敗れた。毛利から十万石の兵糧が運び込まれたのはまだほんの一昨年だったが、あれから信長は鉄を張った大船を造り、ふたたび毛利が来るのを待ちかまえていた。

因縁の木津川口には粉雪が舞っていた。

九鬼水軍は毛利の指揮船を引きつけるだけ引きつけて大筒を放ち、毛利の船は大きな火炎を上げて波間に沈んだ。信長の大船は三門もの大筒を積んでおり、毛利は結局、一人も石山本願寺に入ることができなかった。

あれほど充ち満ちていた本願寺の兵糧米は底をついていた。毛利の水軍が敗れてから海が完全に閉ざされ、本願寺はじりじりと飢え始めた。

それでも、勝つとも負けるともなく信長とのいくさは続き、阿茶丸は四歳という可愛い盛りになった。

兵糧は尽き、北陸はすでに信長の手に落ちている。大坂の寺領では信長が要所ごとに砦(とりで)を構え、じょじょに包囲網を縮めて本願寺の隙を窺(うかが)っていた。

そうしてついに信長は顕如たちがこの地を離れるならば、これ以上の手出しはしないと起請(きしょう)文(もん)を送ってきた。

だが顕如に何かすれば、門徒は七度生まれ変わって戦うのみだ。信長に手が出せるはずはないから、格別の沙汰で惣赦免(そうしゃめん)などと言うのは、この地を明け渡してくれと懇願しているにも等しかった。

「法主様が石山本願寺におられるかぎり我らは負けぬ。だがお出になればそうはいかん。信長の裏に一物あるのは間違いない」

教如は高台に立ち、ぐるりと本願寺を見渡した。静かな濁りの川が京にまで延びるのが見え、いくさの気配はどこにもない。

だがじっと目を凝らせば、川には橋ごとに軍船が浮かんでいる。信長が配した水軍は、本願寺方の船は小さなものさえ通さなかった。

「まだ花熊城(はなくまじょう)と尼崎城(あまがさきじょう)があるのでございましょう」

「その二つ、大坂を出る折に開城せよと言うてきおった」

顕如が本願寺を去るとき、その道中の無事とひきかえに二城は奪われる。教如はあくまで信長と戦うつもりだが、顕如が去れば石山本願寺は裸城も同然になる。

毛利もな、本願寺を移すのは御免こうむるとな」

「毛利だけではない。雑賀も、自らが石山本願寺の代わりになるのは真っ平なのだ。

「ここにおるからこそ信長も下手に出ている。他所へ移れば終いよ」

「それでも法主様はもうお決めあそばしたのでしょう」

ここを出るとなれば、おふくは誰と、どこへ行けばいいのだろう。

おふくにはもう教如との仲をつなぐ子はなかった。一粒種だった可愛い子はあっけない病で死んだ。

「私はここを去らぬぞ」

おふくも残るかとその目は尋ねていた。

「まさか、法主様と別の道を行かれるのですか」

「私がここを守っておってこそ、法主様の命も保たれる」

教如は衣の裾を蹴って歩き始めた。

「お待ちください。では、如春様とお別れになるのですか」

「仕方あるまい」

「あなた様にそんなことはおできになりません」

教如と如春は、互いを誰より大事に思い合っている。それはおふくも、三位もとうに分かっている。

「一緒に行けば終わるではないか」

「何がでございますか」

教如は何が終わると言ったのか。

「私と三位がともにおれば、三位は朝倉の姫でないと露見する。すれば、三位は悲しいことになるのではないか」

「何を言っておられるのですか」

「おふく」

ぷつりと断ち切るような冷ややかな声だ。教如はゆっくりこちらを向いた。

「ここのように建屋がいくつもある場所に移るのではない。如春様にはすぐ、私が三位を遠ざけておるのではないと知れるぞ」

「そのようなことにはなりません。三位様のことは私がなんとかします」

三位の素性はおふくが取り繕う。

「それはできぬ。私と如春様にとって、朝倉家はそれほど重い」

如春が腹を立てているのは、ただ教如が正室をないがしろにしているからではない。本願寺にとって格別の、朝倉の姫を軽んじているからだ。

「本願寺の法主の妻に、我らが何を隠しておれるものか」

如春とともに行けるのはどちらか一人だけだと教如は言い切った。

天正八年（一五八〇）閏三月、顕如は正親町天皇の勅命を受け入れ、本願寺を退去することになった。教如は本願寺に残ると言い、顕如はそれに同心せぬよう諸国の門徒に文を書いた。

顕如たちが本願寺を出る前の晩、教如は如春たちにも三位にも会いに行くことさえしなかった。

まだ信長が上洛を果たす前、顕如は甲斐の武田家と盟約を結んだ。信玄は信心深く、のちに信長が叡山を焼き討ちにしたときは甲斐に延暦寺を再建しようとしたほどで、越前や加賀の門徒衆を長いあいだ援助していたからだ。

そうして本願寺が信長の攻勢にさらされると、信玄は本願寺を助けるために真っ先に上洛を決めた。

その信玄の勧めもあって、教如は朝倉義景の姫と縁組をしたのだ。甲斐は遠く、本願寺のために一心に戦った大名といえば浅井と朝倉だった。

顕如にしてみれば阿弥陀の信仰に生きる門徒衆が命を懸けて仏敵と戦うのは当たり前のことだ。だが浅井と朝倉は、命はおろか、家が滅ぶことも厭わずに本願寺のために戦った。

その両家が信長に負けてから滅ぶまでの三年というものは、顕如ですらいったい御仏はどこにおわすと呻く痛々しさだった。

結局、両家は滅び、御仏がそっと指を動かしたに違いない僥倖で、朝倉の姫が本願寺に辿り着いた。

――義景殿の姫だけは、あだや疎かにするな。

顕如に念を押されるまでもなく、教如もそれだけは心に決めていた。三位が舟から下り、腕にしなだれかかってきた、そのときまでは。

昨日の夜、教如はとっておきの秘事でも打ち明けるように、おふくにそっと声をひそめた。

それゆえ私は、朝倉の姫と名乗るだけの女にまで優しゅうしておったであろう、と。

あのとき教如は舟から下りた三位を抱き上げ、一歩も歩かせずに石山講堂まで運んだ。三位が疲れ果てて目を閉じたのを、教如はじっと己の胸に置いてもたれさせていた。

如春も顕如も満足しきって二人を眺め、これで朝倉への恩は万分の一なりと返せると話していた。

ところが教如は一晩で三位の素性を見抜いてしまい、それでもこれは信長が作った悲しみには違いないと考えた。次の法主になる身は、三位の偽りに腹が立つ前に、三位が生きるために歩いて来た過酷な道に心を締めつけられた。

――だが所詮、私は如春様のみが御大切なのよ。次の法主が、聞いて呆れる。

教如は昨晩、自らを卑下してそう言った。

信長とのいくさがなくなれば、教如は心を占めるものがほとんど無くなる。これまで如春の冷ややかな目をやり過ごすことができた、気を紛らわすものを失うのだ。

そんななか本願寺を離れれば、教如はいずれ如春に憎まれることに堪えられなくなる。だから教如はきっと真実を話してしまう。

だがそうなれば三位は如春に顧みられなくなるだろう。母というものを知らず、己の子さえ育てようとしなかった三位から、唯一慕うことができた如春を奪ってしまうのだ。

だから私は行かぬのだと教如は言った。夜半に降り出した雨が急かすように縁側を叩いていた。

明くる日、皆が桟橋に並んだときにその雨はようやく上がった。

辺りの川が、南から順に一筋ずつ明るく光り始め、雑賀から遣わされた数百艘の船が、今日ばかりは信長の水軍を陸へ上がらせて花筏のように川面に浮かんでいた。

教如がおふくを連れて桟橋に下りたとき、幼い阿茶丸が如春の裾を離れて兄に抱きついてきた。

「お兄様もご一緒にまいりましょう」

わずか四つの拙い口で、阿茶丸は膝の高さからまっすぐに教如を見上げていた。

教如は優しく微笑んでその頭を撫でてやった。

「法主様にたくさん学問を教えていただくのだぞ。私の分も、頼んだぞ」

傍らで顕如が穏やかに微笑んでいる。おふくからは朝日が光背になり、顔がよく見えない。

この人の行くところが諸国の門徒の総本山になる。

「ここにおれば人が死ぬばかり。そなたも早う、雑賀へな」

鷺森で待つと顕如は静かに言った。

教如はうなずかず、ただ穏やかな笑みを浮かべて父の顔を見ていた。

顕如が御座船に乗り込み、如春が一人、桟橋に佇んだ。

「どうしても共に来ることはできませんか」

「お許しくださいませ。どうぞ三位を可愛がってやってください」

しかし三位の姿はない。

つと探しかけた教如の目に如春が応えた。

「泣き顔を見せとうないと申しました。そなたもいつか、三位の心根のまことを分かってやれるときがまいりましょう」

教如が何か言いかけ、けれどやはり口を噤んだとき、小さなさざ波が眼前の船を揺らした。

「三位は心の清らかな子です。妾はあれほどの純情に会うたことはありませんでした。あのような境涯にあって、三位は誰も責めておりませぬ。できることではない」

おふくはふと顔を上げた。如春が言ったのは朝倉の落城から生き残ったこととは違うような気がした。

「さあ、阿茶丸」

如春が呼んで、その小さな手を握りながら教如を見上げた。

「許されるものならば、そなたを次の法主などと思わずに、ただの母と子として暮らしたかった」

だがそれは、これから先も永遠に許されない。

「如春様には、どうぞ法主様に楯突きますことをお許しくださいますように」

「許してやりたくても、我らは許すことはできませぬ。分かってくれますね」

教如はうなずいた。

如春が乗り込むと船はすぐ桟橋から離れた。

無数の供の船がいっせいに櫂を漕ぎ、川はとつぜん急流となって流れ出した。

「死んではなりませんよ、茶々丸」

「かたじけのうございます」

教如は深々と頭を下げ、船へ明るく笑いかけた。

「阿茶、孝養を尽くすのだぞ」

教如の弟はせいいっぱい目を見開き、素直にうなずいている。

如春の船が水面の中央へ引き寄せられていく。前後左右に護衛の船が付き、しぶきが上がって顔も見えなくなる。

「如春様——」

教如は桟橋の端まで追いかけた。

「如春様」

その悲痛な声も櫂の音にすぐかき消された。


上町台地の夕暮れの空は昨日までと何も変わらなかった。ただ人の気配が減って、あれほど船が並んでいた海も、また信長方の幾艘かがぼんやりと浮かぶだけになってしまった。

「法主様たちは無事に雑賀にお着きあそばしたでしょうか」

雑賀は長く本願寺を支える主力だった。紀ノ川流域を支配し、水運で自在に本願寺と行き来して、吹屋がこしらえた大量の地鉄炮がそこから運び込まれて来たものだった。

だがそれももう二度と来ることはない。教如のためには鉄炮も兵糧米も、金輪際届けられることはない。

「雑賀には浄土宗の大きな寺もある。門徒でない者もまだおるであろうゆえ、如春様も苦労なさるかもしれぬ」

「ですが門徒でなくとも法主様たちのことは敬いましょう」

「ああ。阿茶丸には大事なときだ。いくさを案じずに学問をさせてやれるのは良いことだ」

教如は大坂湾の果てに向かって力強い息を吐き、踵を返した。

おふくもうつむいたまま向き変わって、頭がとんと教如の背にぶつかった。

教如が足を止め、その場に突っ立っていた。

「どうかなさいましたか」

横に出たおふくはあっと声を上げた。三位が目の前にいた。

「そなた、なぜここにおる。如春様と雑賀に行ったのではなかったのか」

おふくも驚いて周りを見回した。誰も連れておらず、一人だけ船に乗らなかったようだ。

三位はにやりとして乾いた笑い声を上げた。

「如春様はお許しくださったわ。私の女心を分かってくだされたのじゃな」

「なんと、如春様も承知か」

うなずいて、三位はふざけて体をくにゃりとさせた。

「側女のおふくがおろうとも、私は死ぬまで茶々丸様のおそばを離れません」

声音まで品を作っていた。

「法主様が、さすがは朝倉の姫じゃと申してくだされたわ」

あはは、と三位は得意の笑い声になる。

「法主様のことは尋ねておらぬ。そなた、如春様が好きで好きでたまらんのだろう。それゆえ私は譲ったのではないか」

教如は情けない声になっていた。それがいちばんの本音なのだ。

「そなた、本願寺の富などいらん、たとえ飢えても如春様とおると申したではないか」

三位はぷいと横を向いた。その目にうっすらと涙が浮かんでいた。

「私は雑賀の生まれじゃ」

おふくはぽかんとして二人をかわるがわる見た。

「雑賀には今も私を知る者が溢れておる。如春様に知られるのだけは厭じゃ」

そう言うと、三位は子供のように地面に座り込んで泣き出した。

「三位……。可哀想(かわいそう)に」

教如がその背をさすった。

「茶々丸！」

三位はわああんと泣きじゃくって茶々丸にしがみついた。

「そうか、お前は雑賀で生まれ、湖北まで流れて行ったのだな」

「うん」

「そこで八杉に拾われ、訳も分からずに朝倉を名乗った」

「でも如春様にだけは知られたくない。だから残ったのじゃ」

「そうか、そうか。お前はそこまで如春様が好きなのだな」

三位の泣き声はいよいよ大きくなった。

教如の目にも涙が浮かんでいた。ともにただ如春のそばにいることだけを願って来た二人だった。

四

その夜、教如は雑賀の御堂にこもって夜通しの読経(どきよう)をしていた。疲れているはずのおふくは床に入っても瞼(まぶた)が落ちず、また起き出して座敷に座っていた。風に乗って教如の穏やかな経が聞こえてきて、そっと耳を澄ましていると心が安まってきた。

顕如たちが石山本願寺を去ってから四月のあいだ、教如は頑(かたく)なに信長の退去命令を拒み続けた。だが顕如が諸国の門徒衆に文を送り、教如はどこからも新たな助力を得ることができなくなった。

顕如からは幾度も退去を促す文が届き、石山本願寺にとどまっている侍衆は、教如を言い惑わしたとして破門にされた。教如は法主の庇護(ひご)を受けてこその教如であり、侍衆たちは徐々に本願寺を出て雑賀へ向かうようになった。

そうして半年も経たずに、教如は本願寺にとどまることを諦め、自らも雑賀に退くことを決めたのだった。

一昨日の朝早く、おふくたちは雑賀からの迎えの船に乗り石山本願寺を出た。

おふくは雑賀で顕如たちに用意された建屋に入り、次に行く先を考えることになっていた。すぐそばの講堂には顕如夫妻がいたが、石山本願寺で義絶された教如はやはり会ってもらえなかった。

本願寺がなくなった今、明日になればおふくたちもここを出なければならない。だから教如は経を読む声だけでも届けるつもりで、ああして御堂に籠もっているのだろう。

風に乗って聞こえてくる教如の声はやはり見事なものだった。信長と戦い続けた長い歳月、本心ではどれほど顕如とともに修行したかっただろうと思うと涙がこぼれた。それほど熱のこもった引き絞った弦のような経で、おふくはずっと肌が粟立っていた。

昔、教如が連夜の読経をしているときは、きまって三位が池伝いに忍んで来た。女どうし、刻を忘れて朝まで話して、空が白んでくるとがっかりした。教如の読経が始まるとおふくは耳を澄まして、三位の足音が聞こえるのは今か今かと待ったものだ。

――三位も雑賀へ来い。私の御簾中だ、そうそう誰に顔を見られるものでもない。

雑賀へ退去すると決めたとき、教如は真っ先にそう言って三位を誘った。如春がつまらぬ下々の噂話などに耳を貸すはずがない、三位には誰も手出しできないと、理屈も話して聞かせた。

そのときは三位も嬉しそうに笑っていたが、石山本願寺にいたときの如春は朝夕に門徒の女衆を集めて説話をしていた。それは雑賀でも変わらないだろうから、如春はすぐ皆と分け隔てなくつきあうようになる。

いずれ誰かが三位をちらりとでも見て、噂はあっという間に広まるに決まっていた。

――やっぱり私は、雑賀の手前で船を下ろしてもらう。

教如とおふくは雑賀からの船に乗り、入れ替わりで本願寺には信長の配下が入ることになっていた。

――まあ、船に乗った後で考えればよい。それに、露見してから雑賀を去ればよいではないか。

そうすれば三位はもう一度、如春に会うことができるぞ。

あのとき教如が長々と雑賀にとどまるつもりはないと言ったので、おふくはどきりとして顔を上げた。

だが三位はふんと鼻息を吐いた。

――如春様にばれるのだけは絶対に厭じゃ。素性を知られたくないあまりに別れたのではないか。あのお優しい方に嘘をついていたなどと、恥ずかしゅうて生きておられぬわ。どの面下げて今さら会えると言うのじゃ。

――それほど優しい御方ゆえ、許してくださるかもしれんぞ。

――お前、そのようなこと、本気で思ってもおらんくせに。

三位がふてくされて顔を背けると、お前呼ばわりされた教如もぷっと噴き出していた。

――今になって知られたら、これまで騙してきたぶん、目も当てられんわ。

――確かにそうかもしれんなあ。三位のことは心底可愛がっておられたゆえ、驚かれて心の臓が止まるかもしれん。

おふくは肘でそっと教如を突いた。三位は顔を歪めて泣き出しかけていた。

今ゆっくりと雑賀で思い出してみて、本当に三位は子犬のように愛らしかったとおふくは思う。

その三位はどこへ行ってしまったのだろう。

雑賀からの迎えの船が入るという前の晩、三位はとつぜん旅装束でおふくの前に現れて、行くところができたと言った。月のきれいな宵口で、おふくには教如とどこまでも共に行けと笑って言い残した。

おふくは障子を開いて縁側へ出た。

柴垣の向こうに教如が読経する御堂があり、声がいちだんと高く響いてきた。

如春たちの暮らす講堂の瓦がつるりと月に照らされている。柴垣の上を左から右へゆっくりと、風が歩くように影が動いて、まるで人ようだった。三位は跳ねるように垣根を掻き分けて入って来たから、あれとは違うのに、どうしても三位を思い出してしまう。

「三位様……」

返事があればいい。あははと笑って、柴垣の後ろから悪戯っぽい顔を覗かせてくれたらどんなにほっとするだろう。本願寺で別れてまだ三、四日だというのに、もう三位は遠いところへ行ってしまったような気がする。

教如は明日から雑賀を離れ、各地の門徒衆を訪ねる旅に出る。それには長浜へも行くはずだから、そこまではおふくもつれて行ってもらうつもりだ。

だがその後は、おふくはどうしたらいいか分からない。

そのときおふくは、あっと仰け反った。柴垣のあいだから女が一人、入って来た。

「三位様？」

顔の見えない影法師から、白檀だろうか、かぐわしい香りがわずかに漂っている。

「如春です。おふく」

おふくが立ちすくんでいる目の前で、女は沓脱から縁側に上がった。草履をそのままに置いているのが三位とは違う。

女は後ろ手で障子を閉めて前に座る。やはり如春だ。

「三位と見間違えたのですね。よくこうして、そなたのところへ行っておりましたからね」

なぜそんなことまで知っているのか、おふくはとっさに口もきけない。

「おふく、よくぞ恙なく来てくれました」

思いがけない優しい言葉に、おふくは涙が噴きこぼれた。

「本願寺が燃えたこと……、そなたは三位から何か聞いているのではありませんか」

「三位様に？」

おふくはぶるぶると首を振った。

石山本願寺は教如たちが退去した明くる日、信長配下の大名が受け取ったその晩に、楼門から火が出て燃え落ちた。

思いがけない強い風が松明(たいまつ)の火をいっきに大きくしたといい、三日後に消えたときは辺りは焼け野原になっていた。

「まこと、よく火が出てくれたことでした」

如春は深い安堵(あんど)のため息を吐いた。教如たちが残らず出立(しゅったつ)した後だったので、門徒衆が火をかけたという疑いも一切持たれなかったのだ。

石山本願寺は信長との十年のいくさのあいだに城郭化されていたので、信長に実際そこから攻められたら事だった。それが灰になったのは、まさに御仏の加護としか言いようがなかった。雑賀では郷のあちこちで大きな勝鬨(かちどき)が上がり、京の信長に聞こえるのではないかと思うほどだった。

「そなたは三位がどこへ参ったか、聞いていませんか」

宝珠のような目をまっすぐに向けられて、おふくはうなだれるしかなかった。三位がどこにいるのか、おふくこそが教えてもらいたかった。

「三位様は、己が何をしたかも分からぬところへ行くと申しておられました。でなければ如春様に嫌われてしまうから、と」

言ってしまってからひやりとした。如春は何か感づいただろうか。

だが如春の表情はまったく揺れなかった。ずっと悲しげな顔のままだった。

「そなたも、妾がただ三位を不憫(ふびん)がり、猫可愛がりしていたと思っているのですね」

おふくは思わず顔を上げた。

「あの子は朝倉義景様の姫ではない。ですが私はいつか御仏のもとで三位に会うても、真の姫と並んでいても、あの子のほうを義景様の姫と呼んでやるつもりです」

おふくは驚いて、恐ろしくなってその先が聞けなかった。

「礼を申しますよ、おふく」

「え？」

おふくは喉が干上がっていく。

「そなたは三位とたいそう仲が良かった」

「はい。石山本願寺へも、二人で手を取り合って参りましたので」

二人ともまだ十六だった。三位のおかげで、おふくには思いがけない人生が開けた。

「そこまで三位に寄り添っていながら、本当にそなたは三位がどこへ行ったか分からぬのですか」

おふくはただ呆然（ぼうぜん）と、不躾（ぶしつけ）に如春を見返していた。

「三位は、妾が敬ってやまぬ姉上と同じところへ参ったのです」

如春がずっと文を書き続けていた、今は亡き信玄の妻。

「あの子が妾の前で偽っていたことは、先（せん）から承知でした。茶々丸と本願寺に残ると申したとき、そのほうが三位は自由に生きられるのかもしれぬ、そう思うたゆえ私は止めなかった」

如春の目から涙がこぼれた。

「あの子は、妾と茶々丸の仲が戻ることを願（ねご）うてくれた。それゆえ妾のそばから離れたのであろう」

三位が如春とともにいるかぎり、教如は如春たちに近づくことができない。

「妾が三位に、もうとうに知っていると言ってやればよかったのかもしれません」

知っていて、それでも三位が大切なのだと安心させてやればよかったかもしれない。

だが如春は黙って騙されていてやった。幼子が懸命に隠しているものを暴くのは酷いと思った。三位にかつての辛い暮らしを忘れさせるには、新たな名で生きさせてやるほうがよいとも考えた。

なにより如春は、そんな三位が丸ごといじらしかった。

「三位を連れて来た八杉が、妾に経緯をすべて白状したのです。己が処断されるとなって、破れかぶれで」

如春はそれを信じぬこともできた。だが如春は、何が真実で誰が嘘を言っているかを見通してしまった。

そして自分にとって誰が、何が大切かを見極めて、三位とそのままに暮らした。

「石山本願寺に火を付けたのはあの子です。法主様にとっても茶々丸にとっても、今あれが消えてなくなることほど有難いことはない」

おふくは愕然(がくぜん)と尻をついた。

「だから三位様は、何をしたかも分からぬ所へ行くと……」

あれほど大きかった石山本願寺が、たった一本や二本の松明で燃え尽きるはずがない。どれほど鉄炮や火矢を放たれても十年も無事だったものが、門徒衆に疑いがかからぬとなったその日に運良く燃えることなどあるだろうか。

三位は雑賀の生まれだ。雑賀の里には、遠くから火を引き、点じる術があるという。

「おふく。三位は優しい娘でしたね」

「はい。教如様もまた、そうでございます」

教如は如春に嫌われても、三位の素性を明かさなかった。

そして三位はその恩を返すように、命を捨てて石山本願寺に火をつけた。三位は如春のために、
二人が元の母子に戻れるように身を引いたのだ。

「三位様の命を懸けた願いは叶(かな)いましょうか」

ゆっくりと如春は立ち上がった。

「いつか……。信長がおらぬようになれば、元に戻る日も来るでしょう」

如春は縁側に佇んで、しばらく教如の読経に耳を澄ましていた。

「今夜の経は、三位のためにあげているのでしょうね」

月明かりの下を如春はそっと去っていった。

天下取

一

天正十年（一五八二）五月、甲州路を逃れた松姫たちが武蔵国八王子に着いてひと月も経たない日のことだった。譲り受けた古寺でようやく暮らしの目処を立てたところへ小ぎれいな旅装の者たちがやって来た。

「お懐かしゅうございます、松姫殿。それがしのことを覚えておいででございましょうか」

山門に現れたのは侍女を連れた四十年配の侍で、美濃から来たというその男に松姫はたしかに見覚えがあった。

「月日の経つのは早うございますな。もう十年余りも前でございます」

男の名は源助といい、松姫がまだ十歳ほどの時分、はるか信濃まで幾度となく文を届けてくれた者だった。

「なにゆえここがお分かりになったのでしょう。お姿を見たときは、よもやと思いました」

松姫が笑って応えると源助は手を打った。

「覚えていてくださったとは、わが主がどれほど喜びますことか。この源助めをお分かりいただけぬならば己は手の打ちようもないと、それは気弱に申しておられましたゆえ」

源助は傍らの侍女と心底ほっとしたようにうなずき合った。侍女は源助よりも年嵩で、現れたときからずっと穏やかな笑みを絶やさなかった。

源助は美濃一円を治める織田信長の嫡男、信忠の家士だった。十数年をさかのぼる昔、松姫は信忠と仮祝言を交わしており、互いに顔も知らぬまま文のやりとりだけを長く続けていたのである。

　そのとき文を運んでくれたのがこの源助で、幼い松姫はいつも指を折るようにして源助が来るのを待っていたものだ。

「懐かしさの他に何もございませぬ。ですがこのような暮らしぶり、どうぞ信忠様にはお伝えにならないでくださいまし」

松姫はそっと目をそらした。夜露をしのげる場所で眠れるようになったのもまだ五日ばかりのことで、春以降は家士も銭も足りず、この客間でさえ唐紙が薄いうえに破れ目もある。どこもかしこも建て付けが悪く、夏に向かう今から冬の寒さが案じられてならないのだ。

だが源助は悠然と部屋を見回して微笑んだ。

「実はそのことでございます。わが主は、松姫様のお暮らし向きが気がかりで夜も眠れぬ様子。どうぞ松姫様には、わが主のいる京へおいでくださいますように」

「京？　美濃ではないのですか」

問い返したものの、すぐに合点がいった。信長は甲州攻めのあと上洛したというから、信忠もきっと同行しているのだ。

信長は先だって、足利将軍家と手を結んだ本願寺を大坂から退去させ、この春には甲斐の武田家を滅ぼした。天下統一まで残るは備中の毛利家のみという戦国の覇者なのだ。

「そうでございました。天下統一まで残るは備中の毛利攻めにお出ましなのですね」

「どうぞお許しくださいませ。世は戦国にございまする」

源助は肩をすぼめた。

松姫の父、武田信玄は九年前に病で死んだが、腹違いの兄勝頼が織田家のために自刃したのはまだ二月前のことだ。

もともと松姫と信忠の縁は、信玄が遠江の今川家を潰すのに信長の助勢を得るためのものだった。しかし今川義元が死ぬと信玄はすぐ向きを変え、信長と盟約を結ぶ三河の徳川家康を攻めたのである。

そうして三方ケ原の戦いのときに武田家と織田家は手切れになった。松姫と信忠が文を交わすようになって五年、松姫が十二、信忠が十六のときだ。

松姫が最後に信忠の文を受け取ってから、もう十年が過ぎている。そのあいだに織田家は天下統一の目前にまで迫り、武田家は勝頼の死とともにすべての領国を失った。松姫は辛くも落城を免れ、兄の忘れ形見の姫たちを連れて、どうにかこの地へ流れ着いたのだ。

「あの折、松姫様はいずこにおいででございましたろう」

源助はわがことのように遠い目をして宙を見上げた。

武田家は勝頼が長篠の戦いで敗れてからは転落の一途をたどったが、それまでは甲斐や信濃に数多の城を持っていた。松姫も同腹の兄、仁科盛信の高遠城に身を寄せていたのだが、織田の甲州攻めが始まると伝わって兄たちと別れたのである。

この八王子辺りは北条氏の支配が及び、異母姉の春姫が当主氏政に嫁していたために松姫も何かと心強かった。氏政が一昨年に家督を譲った氏直も春姫の子だったから、ひそかに松姫たちを庇護してくれていた。

「私一人ならば、あのまま高遠城に留まっておりました。ですが兄にも勝頼殿にも、幼い姫がおりましたゆえ」

それが今この古寺でともに暮らしている幼子たちだ。

松姫は兄盛信の督姫を連れて高遠城を出、勝頼の新府城へ行くと、今度は勝頼の貞姫と一族の香具姫を託された。まだ親の死も分からぬような幼い姫たちを連れ、夜は獣の気配におびえながら、日に一里も進めぬ苦しい旅を越えてきた。

だが兄たちの加護によって松姫は三人の姫ともども無事に八王子まで来ることができた。供侍は老いた者ばかりだが、女手なら困らぬ程度にはある。

「松姫様。どうかわが主のもとへおいでくださいませ。信忠様は今も松姫様との破談を承服してはおられませぬ。あらためて松姫様のお越しを願うておられます」

松姫はあきれて首を振った。今、松姫が生きているのは兄や勝頼の強い願いのたまものだ。家臣たちが続々と寝返るなか、最後まで勝頼のために戦った兄盛信の城を落としたのは信忠なのだ。

「憐れみは無用にございます。私は幼い姫たちを守らねばなりませぬ」

「松姫様。わが主は松姫様の妹御にも等しいその姫方を、今のままになさるお方ではござりませぬぞ。幼い姫方の生い先をお考えあそばしても、信忠様におすがりなさるが賢明でございます」

松姫は終わりまで聞かずに立ち上がった。信忠を慕っていたのは遠い昔で、たとえ織田と武田の確執を抜きにしても、信忠に対しては今更なにをという思いがある。

「源助にはわざわざ訪ねてもらい、忝いことでした」

「つまり、お聞き届けいただけぬということですな」

源助は得心したようにうなずくと片膝を立てた。

「主には攫うてでも連れてまいれと命じられております」

「え？」

松姫が振り向いた刹那、源助が腰の太刀をこちらへ向けた。

そのまま太刀の柄に腹を突かれ、松姫は目の前が暗くなった。

「幼い姫方の世話にはこの侍女を置いてまいります。なに、姫様を信忠様のもとへお連れするまでの間じゃ」

何もお案じならぬようにと聞いたのを最後に、松姫は気が遠のいていった。

――お松、美濃から源助がまいったぞ。信忠殿の文を携えておいでじゃ。

寝所へ駆けて来る兄の足音で、松姫は床から顔を出した。まだ七歳という幼さで、前月に信忠との祝言が決まったばかりだった。

――源助の申した通りではないか。信忠殿は誠実でお心細やかな方らしい。さあ、何と書いてある？　早う開けてみよ。

兄のほうがそわそわと松姫の背後から文を覗き込んできた。

松姫は恥ずかしくて居室の隅に逃げて文を開いた。だが難しい文字が多く、一人では満足に読めなかった。

――ほう、信忠殿はなかなか見事な字を書かれるのだな。これはお松も書を励まねばならぬぞ。

兄は満面の笑みで松姫の頭を撫でた。

文には信忠がかねて信玄を敬ってきたこと、その姫を妻にできるのは望外の喜びだと書いてあった。

「松姫様」

優しげな声で呼ばれて松姫は目を覚ました。

あわてて起き上がると、広い座敷に横たえられていた。

そばで白髪の侍女が深々と頭を下げている。

「無体なことを致し、どうぞお許しくださいませ。姫様のお為でございます」

「貞姫たちはどうしています」

つい声が険しくなった。松姫がこうして生き長らえているのも、兄や勝頼が手を合わせて頼んでいった頑是ない姫たちがいるからだ。

「ご心配には及びませぬ。置いてまいった家士たちが、松姫様のお呼びがあるまでお世話をいたします」

「私を京へ連れて行くつもりですか」

そのとき障子に男の影が映り、源助が入って来た。

「信忠様は先だって美濃と尾張をお継ぎあそばしました。今や岐阜城主ゆえ、松姫様もともに岐阜城にてお暮らしあそばすことになりましょう。幼き姫方も岐阜においでになれば、唐紙の薄さに凍えられることもありませぬ」

「私は滅んだとはいえ武田の姫じゃ。そのような甘言に乗ると思うのですか」

信忠にはもう武田と結んでも益はない。今になってまでどんな策謀を巡らせているのだろう。

——姫がおいでなされるときを、一日千秋の思いで待っておりますぞ。

ふと信忠の声が聞こえるような気がして、松姫は急いで頭を振った。信玄と信長が手切れになった元亀三年（一五七二）、まだ何も知らされていなかった信忠は、最後に寄越した文にそう書いていた。

「松姫様、なにごとも神仏の思し召しでございます。お会いになれば信忠様のまことも知れましょう」

だが破談になって十年が経ち、信忠の身の上も変わっている。

「源助。甲斐にも伝わっておりました。信忠様にはもはや」

「会うてからお尋ねなさいませ」

源助はぴしゃりと言って首を振った。それは信忠にじかに尋ねるしかないことだった。

「分かりました。ならば早いほうがよい、馬で参りましょう」

「馬？」

驚いて顔を上げた源助に、松姫はつい微笑んだ。

「私は甲斐の育ちです。雪が積もっていようと、馬には乗れるのですよ」

松姫は床を出て障子を開いた。外はすっきりと晴れた青空だ。

そのとき源助が笑い出した。

「馬はなりませぬぞ。いつぞやの文に落馬したと書いてこられましたろう。わが姫に何をさせると、信忠様は本気で信玄公に腹を立てておられましたぞ。それゆえ此度も念を入れ、姫がどう申されても馬はならぬと」

源助の言葉にふわりと胸が温かくなった。

「信忠様はそのような取るに足らぬ話まで、覚えていてくださったのですか」

七つのときから会いたかった、それが二十二の今、思いがけず叶うのだ。

松姫は空の眩しさにそっと目を拭った。


八王子は東に二里足らず行けば日野の宿場町に出る。そこから多摩川を下れば東海道の川崎で、あとは駕籠を使うことができた。

日野で船に乗ったとき、源助が守るように脇に立った。

「あのような幼い姫方を連れ、ようも険阻な甲州路を越えてまいられましたな。ご無事と聞いたときはどれほど安堵いたしましたことか」

この源助はひどい嵐の中を、信忠の文と花を届けてくれたことがある。急がねば花が萎れると休まずに馬で走り通し、己の蓑は花に着せかけていた。

あのときの濡れそぼって現れた源助の優しさを松姫は忘れたことがない。

「上手くしたことに姫たちがそろって四つだったのです。辛い道中でも楽しそうに笑って駆け出すこともあり、私のほうがずいぶんと救われました」

父の信玄はあと数年で天下を掌中にしたかもしれず、領国が広かった分、いったん翳り出すと早かった。信玄は強引に辺りの城を支配していたから、勝頼が大敗したと知れると、それらが一斉に反旗を翻した。

「甲斐は年に三月も雪に閉ざされる土地ゆえ、年々の焦りから、父は信義の道に外れたこともしました」

はじめは遠江の今川家と結ぶといって、嫡男の義信を今川の娘と娶せた。だが今川家が滅ぶと義信まで疎んじて自刃させ、その一方で織田家とは松姫を使って盟約を結んだ。

だというのに誼を通じてきた三河の徳川家には触手を伸ばし、小田原の北条家にも似た振る舞いをした。攻める攻めると諸国を恐れさせておいて突然没したのだから、代替わりした勝頼が四方八方から離反されたのも無理はなかったかもしれない。

信玄が死んでからの八年間、武田家は負けいくさばかりで、主だった家臣のほとんどを失った。裏切った者もあれば勝頼を捨てて逃げた者もあるが、信玄があとせめて一年生きていれば、武田家はきっと今とは違う景色を眺めることができた。

「松姫様はわが主を……、織田家を恨んでおられましょうか」

「父の仕様も、織田も徳川も、戦国という世では致し方ございませぬ」

それは松姫の本心だ。

ただ時折、木枯らしが吹き抜けるように体の奥がうそ寒くなる。滅ぼし滅ぼされ、いくさの世の悲しさに、このまま目が覚めねばよいと思いながら眠る夜ばかりが続いた。

だからもしも源助の言葉が真実で、信忠が今も己を待ってくれているとしたら、松姫は自らのためにも生きたいと願えるようになるかもしれない。

やがて船はゆるやかに川面を滑りだした。

川崎宿から駕籠に乗り、松姫は大勢の供に守られて東海道を上った。兄の高遠城を落ちるときは着の身着のままで山道を歩き続けたから、ふたたび駕籠で旅をしていることが夢のようだった。夜は畳の上で眠り、湯に浸かることもできたので、八王子を出て三日も過ぎた頃には逆に長いあいだの疲れが取れていった。

尾張国の熱田から海路で木曽三川を越えて桑名に入ったとき、さらに大仰な一行が松姫たちを出迎えた。

一行は幾日も前から信長の文を渡すために待っていたという。

「松姫様に文とは、よく我らがここを通ると分かったものじゃ」

源助がうやうやしく文箱を受け取り、松姫に差し出した。

あまりに思いがけないことばかりで、松姫はなにか空恐ろしい気がした。信長は今や天下人も同然で、武田家はといえばもうこの世に城の一つも持たないのである。

信長はここ一、二年で諸国の守護大名をことごとく配下に組み入れ、あとは備中を残すだけだった。ちょうど今上洛しているのもその地に赴いて最後のいくさを差配するためで、毛利攻めにはすでに露払いとして羽柴秀吉が出立している。信長は公家たちを京で饗応してから備中へ向かうのだ。

文箱の蓋を開いたとき、松姫は思わずため息が漏れた。信長は指でなぞりたくなるような流麗な文字を書き、信忠の許嫁だったときには松姫も幾度か文をもらったことがある。兄がそのあまりの美しさに感心して、幼い松姫にこれを手本にせよと言ったものだ。

「なんとお懐かしい文字でしょう。信長様は私を覚えていてくださったのですか」

松姫は涙が噴きこぼれた。

「あの頃と少しも変わらぬ……、それどころか、こちらが大人になった今ではいよいよ魅き込まれるような」

会ったこともない信長の姿が浮かんで見えるようだった。これほど端正で生き生きとした文字を松姫は他に見たことがない。

文字を目で追っていると、そのまま声まで聞こえてくる。文字の瑞々しさはまるで墨が乾いていないかのようだ。

信長は、京へ来てまず己に会うようにと書いていた。

「はて、なにゆえ先にと」

源助が首をかしげた。

自らは天下の仕置に忙しい、取り急ぎ松姫には京へ上るようにと、文にはただそれだけが書いてある。だというのに天下と取の文字が並んでいるところは、松姫には信長が天下を取るとしか読めない。

「信長様こそ、天下をお取りあそばす御方……」

信忠については信長に尋ねればよいという気がした。なにも面と向かって聞き苦しい問いをしなくても、信長相手でよいことなのかもしれない。

信長の文字はなにかこちらに決意させる念のようなものを放っていた。

「まいります、先に信長様のもとへ」

「ふむ。ともかくはそれが宜しゅうございますな。なに、信忠様と信長様は歩いて四半刻の寺においでてございます。対面さえ済めばすぐ信忠様のもとへ参られるとよい」

源助も明るく微笑んだ。信忠は三条堀川の妙覚寺に、信長は西洞院の本能寺にいるという。

「明後日には京ですぞ」

松姫はうなずいて、そっと胸に文を当てた。信長の文はなお強く、天下を取ると囁きかけていた。

松姫が京に着いたのは六月のはじめで、梅雨もすでに明けていた。東の空には叡山がゆるやかに尾根を伸ばし、甲斐とは山もずいぶん違うものだと松姫は朗らかな気持ちになった。

甲斐の山は高く急峻で、夏でも冬の雪を忘れさせることがなかった。幼い時分から女の松姫には決して越えられぬと恐れさせたものだが、京の五山はどれも頂が丸く、雅びな姿をしていた。

「如何なさいます。信忠様はついそこの妙覚寺におられますぞ」

三条大橋を渡ったときも源助はまだ未練がましいことを言った。

だが信忠の宿所は二条御所の隣で、信長はその手前にいる。

「信長様はあと数日で備中へご出立になるのでしょう。大きないくさを控えておいでの折にお会いくださるとは、なんと勿体ないことか」

「ご出立は信忠様とて同じにございます。それがし、信忠様のお心を思えば」

源助はあの嵐の中、花を届けてくれた時分と少しも変わっていなかった。

だが信忠には明日になれば会うことができる。それにひきかえ信長は水から火へと心が変わるというから、今を逃せばもう松姫のことなど忘れてしまうかもしれない。あの文字を見てから、松姫は信長に会いたくてならなかった。

「京はさぞものものしいと思うておりましたが、さして兵もおらぬのですね」

駕籠の窓から市中を見ると、とてもこの同じ地に信長がいるとは思えなかった。

辻ごとに一人二人の兵が立つばかりで軍勢の影はなく、橋のたもとでは菜売りが品を広げ、鴨川では子らがのびのびと水遊びをしている。贅沢な羽織姿の商人たちが行き交い、町が潤っているのがよく分かる。

「私などは幼い時分、京はたいそう荒れていると聞かされて育ったものでした」

父の信玄が上洛を目指した理由の一つは、京の足利幕府が勢力を失い、応仁の乱で焼けた寺社がそのまま放り出されていると聞いたからだった。信玄は将軍義昭から上洛を促す文を得て、毛利や浅井、朝倉とともに信長の包囲網を作ろうとしていた。いっときはその上洛を阻む者もなかったが、寸前でひっくり返されてしまったのだ。

「信長様に刃向かう者など、もうどこにもおらぬのですね」

京がこれほど穏やかなのも、信長が名のみで支配を行き渡らせているからだ。越後の上杉の抑えには柴田勝家を配し、備中では大軍を託された秀吉がすでに毛利の城を囲んだという。

「信長様のご到着を待って毛利の城は落ちる手筈なのでしょうね」

秀吉はたいそうな知恵者だと聞くから、信長に花を持たせるつもりなのだ。

「上方からは上様の先鋒として明智光秀様が出立するらしゅうございます」

そう言って源助は西の愛宕山を指した。光秀はあの向こうにある丹波亀山を居城とし、備中へ下る支度に余念のない日々を送っている。

松姫は駕籠を降り、源助と並んで四条西洞院へと歩いた。

やがて辻の果てまで土壁の続く寺が現れた。東側には幅一間ほどの川が流れ、寺領ははるか四条大橋の向こうまで広がっている。

信長のいる本能寺は法華宗の京都頭五ヶ寺の一つだそうで、末寺は瀬戸内から遠く種子島にまで及ぶという。そのため鉄炮や火薬の調達に長け、信長も懇意にしてきたのだ。

松姫と源助が総門の前に立ったとき、中から公家の一行が行き違いで帰って行った。そのあとも次から次へと寺を出る者が続き、松姫は客たちの衣裳のきらびやかさに目を奪われた。門をくぐるとまだたくさんの公家たちの車が並んでいた。今日という日もまた途方もない数が招かれているらしい。

松姫は総門を守る侍に石畳を先導され、庫裏の向かいにある離れへ通された。中は見事な襖絵の居室が続いていたが、こちらには客もいない。

松姫はいちばん奥の座敷で待つことになった。唐紙には翼を広げた鶴があしらわれ、水瓶ほどもある大きな花器に色とりどりの花が活けられている。

障子を開いて濡れ縁へ出ると、右手に仏殿か法堂か、大きな建物があり、時折どっと笑い声が上がった。

「こちらにて先に夕餉を差し上げとう存じます」

源助たちが下がると、僧が豪華な膳を運んで来た。箱膳が六つも置かれ、これほどの膳は武田家が盛んだったときも目にしたことはなかった。

松姫は半刻もかけて夕餉を終え、また信長の文を取り出した。

流れるような墨の跡はいよいよ跳ねて躍るようで、一字ずつ指でなぞると、やはり天下を取る、天下を取ると誰かが囁きかけてくる。

文を眺めていて刻が経つのを忘れた。気がつけば日は傾き、庭のあちこちに篝火が焚かれている。

濡れ縁へ出てもう一度信長のいるらしい本堂を眺めた。正面には今しも大きな日が沈み、停まっていた車もほとんどなくなっている。

「松姫様」

振り向くと渡殿で供侍が膝をついていた。

「恙のう到着いたし、なによりであった。案じておったより顔色も良いわ」

信長は上段で胡座を組むと、邪気なく微笑んで身を乗り出してきた。松姫が目をしばたたくと、その顔はいよいよ優しくなった。

「すぐにも信忠のもとへ参りたかったろうに、すまぬことであった」

松姫はあわてて頭を下げた。

信長は延暦寺を焼くような酷いいくさもするが、家臣の妻子にはたいそう慈悲深いと聞いたことがある。だからこそ信忠の許嫁だった幼い松姫にまで文を寄越したのだ。

此度の道中でも、信長の使者に行き会った桑名からは駕籠の質も上等になった。

「来て貰うたのはただ、姫の顔が見とうなったゆえじゃ。武田の姫はさぞ織田と徳川を恨んでいるだろうが、信忠も武将ゆえ言い訳はすまい。ならば儂がかわりに弁明してやらねばと思うてな」

松姫は指先まで震えが来た。

「数日前までここに家康がおったのよ。だが姫が参るゆえ、堺でも見物せよと申して追い払った」

信長は豪快に笑った。噂に聞く恐ろしさなどどこにもなかった。

「姫は儂に尋ねたいことがあるのではないか」

松姫ははっとして顔を上げた。

「信忠にすでに嫡男がおることを、そなたは存じておるか」

思わず松姫は目の前が霞んだ。信忠にはすでに幾人か女がおり、八王子を離れるときもそれが心にかかっていた。武田家があったときは松姫はむろん正室だったが、今の松姫にはそれは望むべくもない。

「私はもはや……。里も滅びましたゆえ」

「いや、そのようなことは思わずともよい」

松姫は目をしばたたいた。

信長は輝くような笑みを浮かべている。

「織田も天下を取れば、嫁を取ってまで盟約を結ばねばならぬ先はなくなる。それゆえ姫は、おのが力で正室になれ」

松姫はいきなり目の前が開けるような気がした。信長の文から、天下を取るという声が聞こえてきたことをはっきりと思い出した。

「信長様が天下をお取りあそばした暁に……」

「おお、その通りじゃ」

それは確かかな、すぐ目の前のことだ。

「のう、姫。信玄とはどのような武将であった」

「はい。ただ、父がみまかりましたとき、私はまだ十三でございましたゆえ」

松姫が物心ついたときには信玄はすでにいくさに明け暮れていた。さらに信忠との婚儀が決まってからは、松姫は半ば織田家の者という扱いで、常の親子のような関わりはなかった。

「左様か。だが信玄はそなたと信忠を離縁させ、嫡男の義信など、離縁ばかりか自刃させおったではないか。死ぬ間際、信玄は何を考えておったろうと、ふと思うての」

信玄は義信を幽閉し、ついには自刃させたが、それは松姫が七歳のときだった。義信の正室は今川義元の娘だったから、今川が滅んだ後は信玄も冷酷にあしらったというが、松姫は真実のことはあまり知らない。

そのとき松姫はあっと胸を衝かれた。松姫は織田に滅ぼされた武田の姫だから、このさき義信と信忠は同じ立場になる。

「上様はもしや信忠様をお疑いでございますか。私が武田家再興を、信忠様に願い出るとでもお考えでございましょうか」

だから松姫を先に呼んだのだろうか。もしそんな疑念が出るなら、松姫はとても信忠のもとへ行くことはできない。

「そのことよ。姫と信忠がそれを思うのではないかと、儂は先回りをしたまで」

「先回り？」

信長は大きくうなずいた。

「姫よ、もう天下は治まるのじゃ。それゆえ信忠が武田と与したとて何事にもならぬ。儂はそれを姫に伝えてやりとうてな」

信玄の姫はさすがに察しが良いと、信長は松姫を褒めた。

「これからの世はむしろ、姫が武田を集めるのは役に立つばかりじゃ」

松姫はぽかんと口を開いた。信長は女のように美しい怜悧な顔をしているが、その頭の中にはどれほどの知恵が詰まっているのだろう。

「よいか松姫。武田は信玄があり、信玄が優れた家臣を差配しておったゆえ、力があったのじゃ。信玄を欠けば武田の赤備え、信忠の配下にできれば心強い」

肩から力が抜けて、松姫はいっきに頬が赤くなった。兄の高遠城を落ちて初めて、自らの行く先にほのぼのと暖かい野が広がっているような気がした。

その松姫を見て、信長は満足そうに膝を打った。

「さあ、これで姫に話も済んだ。儂は酒は飲まぬのでな。今宵はゆるりと旅の疲れを癒やして、明日になれば信忠に会うてやるがよい。京は白粉も紅も最上の品がそろうておる。せいぜい美しゆうにな」

松姫は涙がこぼれそうになった。この世に己ほど恵まれた者はないと思った。

「まことに、あのような文をいただきながら思い至らず、恥じ入るばかりでございます」

「そうか。どうじゃ、儂の文字は大したものであろう」

上機嫌で尋ねられて、松姫も明るく笑い返した。

「上様の文を見ましてからは、上様が天下をお取りあそばすと、誰ぞが話しかけてくるようでございました」

「左様であろう、儂の文字は声が聞こえるそうじゃの」

信長はわっと声を上げて笑った。

「だが儂が天下を取ると読んだとは忝（かたじけな）いことよ。光秀など、天下を取れと読みおったわ」

今年の年初、信長は天下取と大書して家臣たちに遣わしたのだという。

「誰が取るつもりかのう。光秀はひねくれ者よ、姫とは大違いじゃ」

松姫は信長の豪快な笑みにただ見入るばかりだった。

「天下取の墨書を持たせた折の彼奴（きゃつ）の顔！　憑（つ）かれたように儂の声も聞こえずにな。そうか、儂の文字はそれほどか」

信長は勢いよく立ち上がると障子を開いた。

月が夏に近い夜空を怖いほど明るく照らしている。

「ではな、松姫。今宵は早う寝（やす）んで、明朝は儂に挨拶などいらぬぞ」

松姫が目を伏せているあいだに信長は去った。清々しい笑い声だけが渡殿の向こうまで聞こえていた。

明くる朝、目を覚ましたときはまだ辺りは暗かった。つい数刻前に信長と話したのが夢のようで、寝床から座敷を見回して大きな花活けを見つけ、ようやく真実と分かって胸が熱くなった。

まだ誰も起きた様子はなく、松姫は縁側に出て手水を使った。この寺は広く、たいそうな厩もあるそうで、遠くから馬のいななきが聞こえている。

手ぬぐいで顔を拭いたとき、手もとが乱れて、まるで風にあおられたような大きな音をたててしまった。幼い子らと鄙で暮らしていたから、音など気にかけなくなっていたのだ。

急いで手ぬぐいを懐にしまいこむと、今度は布が風に飛ばされるような音がした。

松姫は何か気になって縁側を降り、裏へ回ってみた。

離れの裏手はすぐ土壁で、その外を西洞院川が流れている。壁越しでは流れは聞こえず、かわりに大勢の兵たちが寺を守っている気配がする。

ほっとしたちょうどそのとき、どこかから卯刻を告げる鐘が響いた。

(京の鐘はなんと厳かな……)

松姫は目を閉じてしばらく耳を傾けていた。

音をたてぬように部屋に戻り、荷をまとめた。信長には笑われるだろうが、どうしても気がはやった。

布団を上げて畳を拭いていると寺の外のざわめきが大きくなった。そろそろ皆が起き出す刻限なのだ。

そのとき本堂の渡殿から誰かがあわただしく駆けてきた。足音は居室の前では止まらず、いきなり障子が開かれた。

「松姫様、すぐに本堂へお越しを」

源助が松姫の手を引いて駆けだした。

「どうしたのです」

「謀反にございます。寺が大勢の敵に囲まれております」

「謀反？　この寺が？」

聞き違えたのだろうか。ここは天下人の信長の宿所だ。

源助は本堂の座敷をいくつも過ぎ、ひときわ大きな一室へ松姫を連れ入った。

座敷の中央で信長が仁王立ちになり、松姫に冷ややかな一瞥(いちべつ)をくれた。

そこへ小姓が走り込んで来た。

「寺の外はどこも水も漏らさぬ構えにございます」

「敵は誰じゃ。信忠か」

松姫は驚いて信長を振り仰いだ。信長は鴨居(かもい)に掛けた長槍(ながやり)に手を伸ばしている。

「儂の馬廻衆(うままわりしゅう)を連れておるのは信忠であろう！　京には他に兵などおらぬ」

信長は手練(てだれ)の馬廻衆のみを率いて来たが、それらは別の宿所へ入っている。いっぽう信忠は五百人を連れて上洛したが、この寺には女を入れて三十人ほどしかいない。

「畏れながら、寺を囲んでおるのは五百どころではございませぬ。殿のお馬廻衆などおりませぬ」

そのとき別の小姓が転がるように駆けて来た。

「桔梗(ききょう)の旗印にございます！　謀反は明智、光秀殿」

「明智だと？」

信長は槍の柄を床に打ち下ろした。

「彼奴め、備中へ向こうたのではないのか！」

信長が障子を開くと、たしかに塀の外に桔梗の旗印が覗いている。

空が白々と明け始めていた。

「なるほどな。光秀ならば是非には及ばぬ。姫、参れ」

信長は足を踏みならして廊下へ出た。松姫は後ろに従ったが、本堂には多くの座敷があり、すぐ見失いそうになった。

「上様、どこへ行かれるのでございます」

「どこへも参らぬ。この寺を出るのはそなただけじゃ」

裏に木戸があったろうと、信長はとある唐紙を開いて先を指さした。

「女ならば出すであろう。死ぬでないぞ」

「上様は如何なされるのです」

「光秀は一万五千じゃ。儂の配下はこぞって備中でな、上方には誰もおらぬ」

信長は指さした先へ大股で歩いて行く。

ふいに西側の山門で大きな鬨の声が上がり、信長が足を止めて振り返った。

「姫。儂は今、つくづくと嬉しゅうてならぬ」

そう言うと信長は松姫の手を取って握りしめた。じかに触れると信長の手のひらは滾るように熱い。

「昨夜、信玄の話をしたのは良かった。謀反と聞いて儂はてっきり信忠じゃと思うたが」

わっと仰け反って信長は笑った。

「儂の寝首を掻くとは、信忠も大した武将になったと褒めてやろうと思うたが、どうやら信忠はそこまでの器量ではなかったようじゃの」

信長は心底満足そうに笑い続けている。

「姫は信忠がどこにおるか知っておるな」

松姫はうなずいた。本能寺から目と鼻の先、二条御所の隣にある妙覚寺だ。

「哀れだが、姫はここを出ても妙覚寺へ行ってはならぬ」

松姫は思わず源助を振り向いた。後ろからついて来ているのはそのためではないのか。

源助は口を一文字に引き結び、厳しい顔で見返している。

「まだ煙は上がっておらぬゆえ、妙覚寺も落ちておるまい。だがここへ参らぬのは、信忠も出られぬゆえであろう」

妙覚寺には堀がないという。いわば広い庭を持つ商家のようなもので、火矢を射かけられればひとたまりもない。信長なら己のことのみを考えて逃げるが、信忠には父を見捨てるほどの苛烈さはない。

「もしも信忠が京を脱しておれば、姫はどこまでも追うてゆけ。今日一日持ちこたえれば、彼奴は天下を取るわ。だが儂を思うて立て籠もるようでは織田も終いじゃの」

信長は淡々と言ってまた歩き始めた。

松姫は懸命に追って行く。

「信忠はともかく妙覚寺は出るであろう。隣の二条御所に籠もるか、脇目もふらずに京を落ちるか。十日もすればこの騒ぎは収まっていよう」

「十日……？」

「左様。それゆえ姫も、ここしばらくと思うて逃げ回れ」

信長は自信たっぷりにうなずくと、信忠に伝えよと言った。

「本心を申せば、謀反が信忠でなかったとは重畳」

残念半分だがなと、おどけて舌を出してみせた。

信長は奥の一室で違い棚を開くと、艶やかな革袋を取り出して松姫に押しつけた。金銀の粒がこぼれ落ちるばかりで、赤児ほどの重さがあった。

「さあ行け。外へ出れば、二度とこの寺を振り返るな」

信長は有無を言わせずに松姫の背を押した。

「上様！」

縁側から転がり落ちた松姫へ、信長は履き物を放って寄越した。

「さらばじゃ、松姫。このいくさ、亡骸(なきがら)さえ見つからねば儂の勝ちぞ！」

源助が松姫の傍らに飛び降りて履き物に足を入れさせた。

「げ、源助」

源助は笑ってうなずいた。

「御首級(みしるし)さえ渡らねば、信長様が討たれたと信じる者はございませぬ」

そうなれば光秀は遺骸(いがい)を探し回らねばならない。そのあいだに越前(えちぜん)の勝家か、備中にいる信長の本軍が戻って来る。光秀が京にのさばっていられるのはせいぜいがひと月のことだ。

本堂を振り返ると信長が鬼神の如(ごと)く立っていた。

「思わぬことに巻き込んだの、姫、許せ。もしも信忠に会えば、きっと伝えよ」

松姫は唇をかんで涙を堪(こら)えた。信長は信玄とは違う。信長と信忠は最後まで信じ合っていられる父子なのだ。

「必ずお伝えいたします。どうぞ、ご武運を」

「よう申した！」

力強い笑みを残して信長は背を向けた。後ろ手のまま障子を閉ざすと、映っていた影もすぐに消えた。

「それがしも、これにて」

源助も自らの銭袋を松姫の懐に押し込んで、手を取った。

「どうぞお達者で！　信忠様にお目もじ叶いまするよう」

源助は笑って踵を返し、信長の後へ駆けて行った。

二

「お松殿、今朝は早くから出かけておられたのですね。嬉しそうに、まあ、何を購うてまいられたのです」

松姫が庭から縁側へ上がると、ちょうど部屋から顔を出した見性院が笑ってこちらに目をやった。松姫は町で買ったものを新しい裂に包んで戻ったところだ。

「筆でございます、姉上様。幸松君がいつ手習いを始められても良いように」

「さすがに早いのではありませんか。まだ三つの御子に」

「いいえ、姉上。幸松君にかぎっては、明日にでも書物を開かれるかもしれません。あの聡そうなお顔つきは、やはり並ではございませぬ」

「まあまあ、お松殿は」

姉は心底おかしそうに笑って松姫を招じ入れた。この見性院と松姫は母も違い、歳も親子ほど離れているが、日常の細かなことから世の眺め方まで、何もかも気が合った。

見性院が八王子の松姫の庵へ移り住むようになって十年が過ぎていた。見性院は父信玄の命で武田一族の武将に嫁いでいたが、本能寺の変でその夫を亡くし、家康に屋敷を与えられて江戸城北ノ丸で暮らしていた。だが江戸の水が合わなかったのか、豪勢な屋敷暮らしを捨ててここへ来た。

本能寺の変で天下人は信長から秀吉へと変わり、十三年前には美濃国関ケ原で東西の武将が戦う大きないくさがあった。そこで勝ちを収めた家康は江戸に幕府を開き、征夷大将軍に任じられた。

まだ大坂には秀吉の子、秀頼がいるが、家康は先年、次の将軍職を秀忠に譲っていた。もはや日の本にいくさはなく、これからは徳川が治める一つの国になるという証である。

いつの間にか松姫ももう五十三になっていた。戦国の世で見性院ともども夫婦の縁には恵まれず、松姫はついに子も持たなかった。見性院もただ一人授かった男子を早くに亡くしたので、今ではここで日を過ごすのが互いに何よりの安らぎである。

「幸松君はもうお目覚めですか」

「いいえ、まだよく眠っておいでですよ」

見性院はそっと口元に人差し指をたてて奥の間を振り向いた。

幸松は見性院が半月前に家康から養育を任された、二代将軍秀忠の子である。秀忠は御台所とのあいだにすでに男子があり、幸松の母はその侍女だった。

御台所の悋気に触れるというので家康が計らったことで、見性院をはじめ信玄の血筋の者は家康からそれほどにまで人柄を買われていた。世は家康の下で戦国を終えていたが、武田の遺臣は大勢が家康に抱えられている。

信長が横死を遂げた本能寺の変のあと、さまざまな人の生きる道が大きく変わった。松姫にしても、あのときは半年あまりも岐阜で信忠の帰りを待っていただろうか。

変の直後は岐阜もそれは騒然として、明日にも光秀が攻めて来ると、城下は大八車に家財を積んだ商人たちでごった返していた。男は年寄りしかいなかったが、辺りの城はどれも籠城の構えで、あとから思えば誰も光秀の天下が続くとは考えていなかったようだ。

信長が真実死んでしまったのか、噂は幾通りも流れ、光秀は京に留まったまま、躍起になって信長の首級を探していると言われていた。そのため岐阜に光秀の軍勢が攻めて来ることはなく、散り散りだった織田の家臣も徐々に城へ戻って来た。

――本能寺の騒ぎがまことなら、光秀めは主殺しじゃ。同心する者などあるものか。彼奴にはじきに天罰が下る。

町に残っていた年寄りたちはそう口をそろえ、城で息をひそめて十日の後、光秀は備中から大返ししてきた秀吉に山城国山崎で敗れた。そして山中をさまよっている最中、落ち武者狩りの土民たちに殺されたという。

岐阜城が勝利に沸き立っているとき、松姫はひっそりと城を出た。じきに秀吉の凱旋の軍勢が岐阜に至り、天下の仕置も元に戻ると、百姓までが得意げに語り始めていた。

「お松殿。あなた様は一度、男の御子を育ててみたかったのではありませんか。それゆえ幸松君をお預かりできるのが嬉しゅうてならぬのでしょう」

見性院が優しく微笑んだ。

はるか昔に武田家が滅んだ後、松姫は姪にあたる幼い姫たちの面倒を見た。だが男子はおらず、そこへ思いがけず見性院が幸松君を預かってきたのだ。

「幸松君がおいでになってから、私は、三法師様のことばかり思い出すようでございます」

三法師とは松姫が岐阜城で見た信長の嫡孫だ。信長と信忠が死んだあと、秀吉に担がれて天下人になったというが、あの時分はまだ一つ二つの赤児だった。

だがそんな支配で世が治まるはずはなく、天下はすぐに秀吉のものになった。成長した三法師は武将の一人として関ヶ原の西軍で戦い、最後は仏門に入ったという。

「まだお若かったのに、もうあのお方も亡くなられたのでしょう。切支丹だったとも聞きましたけれど、それが仏門とは、さぞ生き辛い思いもなさいましたでしょうね」

見性院は頭の良い、穏やかな気性の人だった。

「赤児の身とはいえ、幸松君は三代将軍の弟君。いずれ世に出られるときがまいりましょう。それに相応しゅうお育てせねばなりませんね」

見性院の決意は松姫の願いでもある。これからは武功ではなく学問に長けた者が導く世がやって来る。幸松には信長のような文字を書く、人を惹きつけてやまぬ武将になってほしい。

「きっと信長様も、いつかは学問の世をお作りになるつもりだったと存じます」

「ええ。そして我らが父上も」

姉は迷いもなく言い切った。見性院たち信玄の縁につながる姫の多くは、その強烈な個性に翻弄されるように不仕合わせな生涯を送ったが、見性院にも松姫にも恨みはなかった。

神仏の悪戯とでも思うしかない縁で松姫が本能寺に居合わせたのはもう三十年も前になる。帰りには城が建つほどの路銀を持ち、八王子へ着いたときは幼い姫たちに泣いて迎えられた。その嬉しさと安堵はといえば、たった一日のことで信忠に会えなかった悲しみもいっきに吹き飛ばされるほどだった。

そのあとすぐ松姫は髪を下ろし、仏門に入った。ちょうどその前後から八王子には松姫の風聞を聞きつけた武田の遺臣たちが集まるようになり、畠も大きく広がった。

松姫は幼い姫たちとともに糸を紡ぎ、絹を織った。合間に近在の子らに読み書きを教えてきたのは、刀よりも筆を執る世が来ることを願ったからだ。

松姫は見性院のそばに座ると、裂から筆を取り出して見せた。もとめてきたのは童が使うための軸の短い筆だ。

「そういえばお松殿は、幼い時分から懸命に文を書いておられたそうですね」

見性院は筆を手に取って小ささに目を細めた。

「あの変の折、お松殿が先に信忠殿のもとへ行かれていたら、生きておられなかったかもしれませんね」

信長様の文が助けてくださったと、見性院はそこに信長がいるかのように頭を下げた。

信長の文字を見たことがある者は、筆を持つたびに信長を思う。松姫が信長の文を見せたときから、見性院もその一人になった。

――もしも信忠が京を落ち延びれば天下を取るだろう。だが、二条御所へ籠もったときは。

松姫はついに信忠と会うことがなかったから、そのぶん信長の姿をよく思い出した。そしてあのときの信長はもう、信忠が二条御所に籠もると確信していたのだろうと思う。

信忠は宿所の寺を出ることができたのに、信長の馬廻衆とともに二条御所で戦った。そして夜が明けきらぬうちに討ち死にを遂げたといわれている。

信長がそうだったように信忠の遺骸もまた出なかった。

――亡骸さえ見つからねば儂の勝ちぞ！

豪快に笑った信長の言葉は、松姫の中でいつしか信忠の言葉になっていた。

変のあと、松姫は信忠の消息を半年も岐阜で待ち続けた。だから松姫はあのとき、己が岐阜を去れば、信忠の死を納得したことになると思った。

亡骸が見つからなければ信忠は勝ちだ。信忠には勝たせたいが、それには松姫が信忠の死を受け入れなければならない。

そんなことができるものかと頑なになっていた松姫の目を覚まさせたのは、結局、三法師だったのかもしれない。

「お松殿はなぜ、大手橋の三法師様をそこまで覚えておられるのでしょう」

姉は時折、松姫にも分からないことを尋ねた。

「はかない幼子の上に、夢を見たからかもしれませんね」

姉が言ったのか己だったのか、松姫には分からなかった。

明くる日の朝、松姫を訪ねて来たのは粗末な袈裟(けさ)を着た旅の僧だった。秀でた額に鼻筋が通り、頭巾の下から覗く目元は涼しげだった。

痩せて頬骨が出ているが、肌は艶やかで明るい。目が合ったときなぜか懐かしい気がしたが、いくら考えても知る顔ではなかった。

歳の頃は三十過ぎで、二十歳から高野山(こうやさん)で修行をしてきたという。

「拙僧は親を探す旅でございます。母が武田家に所縁(ゆかり)があると聞き及び、ついに決意して八年前、寺を出奔(しゅっぽん)いたしました」

「ああ、それでこの庵へ」

この八王子で暮らすのは武田の旧臣が多い。幕府が開かれて武田の侍たちは次々に徳川家に召し抱えられたが、その道を選ばなかったり、あぶれたような者たちがここへ来て消息を尋ね合っている。家康が八王子を甲州口の守りと考え、すすんで武田の者たちを住まわせたからだ。

「松姫様がおぐしを下ろされたことは聞いておりましたが、今もそうお呼びしてよろしいのでしょうか」

「号は、信松尼(しんしょうに)と申します」

「左様でございましたか。信忠様の信に、松姫様の松」

僧の澄んだ眼差(まなざ)しに、松姫は目を伏せた。この若い僧はなぜそんなことを知っているのだろう。

「母君のことをお聞かせくださいませ。老いた者も多うございますゆえ、何か分かるかもしれませぬ」

「信松尼様は信忠公を恨んでおられましょうか」

唐突に僧が尋ねた。そういえば松姫はまだこの僧の名を聞いていなかった。

「あなた様の御名は」

「俗名は三郎と申しました」

「三郎殿……」

僧はいたわるような目で松姫を見た。

「武田家を滅ぼしたのは信忠公でございましょう。あなた様は幼い姫方の手を引いて数々の難所を越え、苦労を重ねてこの地へ辿り着かれた。兄君の城を落としたのも、勝頼公を自刃に追い込んだのも、他ならぬ信忠公ではございませんか」

若い僧が兄盛信のことまで知っているのには驚いた。三郎はもとは武家だったのだろうか。

「信忠様が滅ぼさねば、兄が同じことをしておりました。わが父とて、領国を守るために卑怯な手も使いました」

だがその余徳で松姫はこうして生きている。

「徳川様が八王子に武田を暮らさせてくださるのは、父がひとかどの武将だったゆえでございます。今も武田の赤備えなどと申して重んじてくださるのは、結局は父が励んだゆえ」

だから織田にも徳川にも有難さばかりだが、兄の高遠城を去って勝頼の新府城も出ることになったときは、なぜ男は城を焼きたがるのだろうと恨んだものだ。

松姫が兄たちの死を知ったのは武田が滅んだ年の四月、乞食のような形で八王子の寺へ転がり込んだときだった。幼い姫たちはそろって足に血まめをこしらえ、勝頼の貞姫は高熱を発して、供の背でどうにか峠道を越えた。

だがそんな思いをしたから、あとの貧しい暮らしにも耐えられた。

「姫たちも家康公の計らいでそれぞれに嫁ぎました。今は姫たちの育ち上がった姿を見届けただけでも生きてきて良かったと思います」

「信松尼殿は欲のない御方でございますな」

訪ねて来た甲斐があったと言いながら三郎は頭巾を取った。そのとき松姫はあっと声を上げそうになった。

三郎の額には赤く引き攣れた十字の焼き印があった。

「ごらんの通りにございます。高野山で修行しておったとは形ばかり。十五で切支丹となり、幕吏に見つかってこのような目に遭いました」

「ではお母上様は」

禁教令に触れ、放逐されたのだろうか。

だが三郎は優しく目尻を下げた。温和な人柄がいっきに垣間見えるようだった。

「赤児の時分に別れたきりで、母の顔も覚えておりませぬ。それがしは幼いときに父を亡くし、それからは後見人が次から次へと変わりました。それにつれて居城も右へやられ、左へやられ」

三郎は人ごとのように明るく笑った。だが後見人や城というからには一介の僧ではない。

「信松尼様は信忠公が亡くなられた直後に出家された由。やはり信忠公とはよほどの縁でございましたか」

「そのようなことは。あの方とはついにお会いすることもなかったのですから」

松姫は何も隠すつもりはなかった。本能寺から岐阜を経て八王子へ帰り着いたとき、もう己の生涯にこれ以上のことはあるまいと思い、五十年を生きて実際にそうだった。生きるとは決してその長さではないのだろう。

「縁も薄い私などが髪を下ろして、信忠様はあの世で驚いておられるかもしれません」

「いいえ。そのようなことはございませぬ」

三郎の言葉は、まるで信忠の声のように胸に響いた。

「それがしの父が死んだ直後、父の二人の弟が後見に名乗りを上げました。はじめは下の弟が後見人となりましたが、一年も経たぬうちに秀吉に攻められて自刃でございます」

「まあ、太閤(たいこう)殿下が関わられたのですか」

だとすればよほど名のある家の出なのだろう。ただ三郎の歳からすれば秀吉が破竹の勢いで日の本中を平らげて進んでいる時分で、攻め滅ぼされたのも支城の類いまで含めれば五十や百ではなかったかもしれない。

三郎は薄い笑みを浮かべて横を向いた。

「それゆえ次は上の弟の後見を受けることになりました。ですがこれもまた秀吉相手にいくさを起こし」

結局その上の弟は和議を結び、秀吉に臣従したという。だがそれも数年のことで、三郎が十歳のときに配流され、出家の身となった。

「戦国の只中に十歳でおわしたとは、きっと亡き父君がお守りくださったのですね」

「そうだったのかもしれませぬ。父の名がなければ、十の童に岐阜城など」

「岐阜城？」

松姫は驚いて顔を上げた。織田の、信忠の城ではないか。

そのとき三郎が手をついて深々と頭を下げた。

「信松尼様には、それがしを岐阜城でお抱きくださったことを覚えておいでではありませんか。それがしは一目見て分かりました。あの大勢が行き交う橋を渡るとき、それがしの手を取ってくだされたのは信松尼様でございます」

松姫は息を呑んだ。岐阜城の大手橋のことは今もよく覚えている。

「では、あなた様は」

信忠のただ一人の子、信長の嫡孫にあたる三法師だ。本能寺の変で祖父信長と父信忠を亡くし、信忠の下の弟、信孝の後見を受けてわずか三歳で織田家跡目となった。だが信孝は半年も経たずに柴田勝家とともに秀吉に敵対し、続いて後見した上の弟、信雄も家康と結んで小牧・長久手で秀吉と戦った。

三法師は岐阜や安土を転々としたのち岐阜城主となったが、その時分に天主教と出合ったのだろう。まだ禁教もそれほど厳しくはなく、岐阜はもともと信長の時分から大勢の南蛮人が暮らしていた。

だが三法師にはもっと肝心のことがある。元服して三郎から秀信と名乗りを変え、関ヶ原で敗れて高野山へ入ったのはたしかだが、それから数年ののちに死んだのではなかったか。

三郎の面差しは信長に似ている。あの慈悲深かった天下人が今目の前に座っているようで、松姫には信忠の顔まで察しがつく。

「三法師様は関ヶ原で西軍に与し、家康公に高野山へ追放されたと伺いました。僧侶におなりあそばしたことも聞いております」

三郎は朗らかな笑みを浮かべて松姫の次の言葉を待っている。

「民に寄り添う情け深いご城主であったと、三法師様の御名は高うございました。領国では南蛮寺も日の本の社寺も、同じように庇護なされたとか」

「祖父が、そう致しておりましたゆえ」

祖父とは信長だ。三郎は事もなげに微笑んだが、それがどんなに難しいことかは仏門に入った松姫にはよく分かる。

「天主教は徳川の世では許されぬゆえ、心の内で神を思い、僧として生きる覚悟でおりました。ですが、それではならぬと気がつきました」

二十六のとき、三郎は己が死んだことにして高野山を下りた。もとから妻も子もなく、関ヶ原で斬首にされてもおかしくない命だった。それなら高野山で自らを偽って暮らすより、貧苦にあえいでも神を求めて生きようと思った。

「高野山から下りたとき、雲間から光が射すように母の顔が浮かんだのでございます。幼い日、大手橋の上でそれがしをしっかりと支えてくれた母の手を思い出しました」

信長の嫡孫と知られた身で、三郎は高野山ではどんな思いをしたのだろう。信長は高野山攻めをしたし、額にはこの焼き印だ。

「それがしの母は、あなた様ではございませぬか」

松姫の眼前に、見事な破風を広げた岐阜城がよみがえった。

――見よ、三法師様じゃ。あの御方がおわすかぎり、織田家の行く末は安泰じゃ。

京で異変が起こり、まだ信忠たちの安否も分からないときだった。岐阜城の中庭で誰かがそう言って指をさした先に、ひときわ大勢の供にかしずかれて歩く女の姿があった。

女は胸にしっかりと幼子を抱き、潤んだ目で京の空を見上げていた。

「赤児だったあなた様は、それは美しい、まぶしい綾錦の着物を纏うておられました」

「ではそれがしのことを」

「ええ。今でも目に浮かぶようでございます」

岐阜城を去るのを迷っていた松姫が、もう一目だけ会いたいと願ったのが中庭で見た三法師だった。

そして迷いながら大手橋まで来たとき、反対の欄干につかまり立ちをしている幼子に会った。

家士たちが矢防ぎのように周りを囲い、なぜその小さな姿が見えたのかは分からなかった。だが松姫が軽く会釈をして横を渡ったとき、三法師の幼い顔はたしかにこちらを向いた。

「三法師様のお母君様は、明日をも知れぬあのときも怯(ひる)まずに外へ出ておられました」

「それは……、まことでございますか」

松姫はうなずいた。松姫は三法師の母ではない。

「母にとって、子と離れねばならぬことほどの苦しみはございませぬ」

それが生き別れでも死別でも、子を持たなかった松姫にはしょせん推し量ることしかできない。

もしも信忠が生きていれば、松姫は三法師の母ともなることができた。だがそうできなかったことを松姫が嘆いたら、誰より己の運命を呪うのは信忠だ。

松姫はそっと立ち上がると、裂に包んだ筆を持って来た。

「三法師様。幸松君の母君様のかわりに筆を下ろして差し上げてくださいませ」

三郎は迷いのない目で筆を受け取った。そして先を指で整え、すっと硯(すずり)の上に立てた。

三郎の細い指が筆先を少しずつ開いていく。

やがて三郎は筆に墨を含ませると、傍らの紙に文字を書き付けた。見覚えのある、やはり息を呑むように美しい文字だった。

「天下取……」

松姫は思わず声に出していた。

三郎は続けてもう一字、夢と書いた。

松姫は道が細くなるまで三郎とともに歩いた。西の空に雨雲がかかり、本心ではせめてそれが通り過ぎるまで庵に留めたかった。

「私が岐阜城を去る決心ができたのは、三郎様のお母君様をお見上げしたからかもしれません」

三郎と並んでいると、松姫は素直に己の胸の内が見通せた。

信忠の死が定まり、光秀の最期も知ってしまえば、女の松姫にとっては勝敗より信忠の妻と子のほうが気になった。

信忠の妻になり、子まで授かった三郎の母とはどんな女だったのだろう。その人は松姫が一度は歩きたかった道を確かに歩いたのだ。

「それがしは父のことも母のことも覚えておりませぬ」

「私など、信忠様のお顔もついに拝したことがないのですよ」

そう言って笑ったとき、松姫と三郎は深く心が通じ合っていた。

「三郎様。先ほどの文字はなんとお読みするのですか」

天下を取る夢と読むのだろうか。あるいは天下取りは夢、だろうか。

木立に延びる道を向いた三郎は、思いの晴れた顔をしていた。

「あれはどうぞ、天下取りたちの夢とでもお読みください」

「天下取りたちの夢……」

「それがしとて天下を夢見ておりました。そして父も、信玄公もまた」

数多の天下取りたちが等しく見続けた一つの夢——

三郎の文字は信長のものだった。だがその同じ文字は、もう人を惑わす力を放ってはいなかった。

三郎の背はひっそりと木立の奥へ消えていった。

鉄炮一挺（てつぽういつちよう）

一

甲斐の武田家が滅んで十八年、美濃の関ヶ原で天下分け目の大いくさがあり、八王子で暮らす見性院のもとへもさまざまな噂が流れて来た。朝に畠の菜を届けてくれる近在の者や、甲斐を通って京大坂から江戸へ行く商人、行脚の途中だという修験者たちが次々に立ち寄っては上方の様子を話していったのである。

関ヶ原では家康率いる東軍が早々と勝利を収め、西軍は総大将の毛利も島津も軍を散らして敗走したという。家康はしばらく近江に滞在してから戻ると言われていたが、江戸はすでに勝利に沸き立ち、徳川の出た三河、遠江からはぞくぞくと町人や商人が下って来ていた。これから大がかりな町造りが始まり、江戸は十倍にも百倍にも膨らむのだと街道筋では評判だった。

見性院は武田信玄の二の姫だ。武田親族衆の筆頭で武田姓も許された穴山信君のもとに嫁いだが、夫とは本能寺の変のあとに死に別れていた。それからは徳川家康の庇護を受けて八王子の百姓屋敷で異母妹と暮らし、辺りにはいつからか武田家の旧臣たちも集まるようになっていた。

屋敷が中山道に近いので、そのうち東軍の幾らかがこちらを通って戻ることは見性院も考えに入れていた。表を見苦しくないように整えていたところへ、昨日は江戸城から武田信吉がやって来たので、閑散とした田舎家はいっきに活気が溢れた。

信吉は見性院が嫡男を亡くしたあと、跡継ぎとして迎えた家康の五男である。今回の関ヶ原では江戸城西ノ丸の留守居役を仰せつかり、いくさ場に出ることはなかったが、戦況は逐一知らされていたらしい。中山道を辿って徳川秀忠が戻ることになったので、真っ先に祝いを言おうと出迎えに来たのだった。

「江戸城を勝手に離れて、父上にはお叱りを受けるかもしれませぬ。しかしまあ、天下分け目で大勝利を収められたのですから」

そう言いながら信吉は、十八の若者らしくそわそわと街道の先へ目をやっていた。すでに秀忠の軍勢へ使者を出し、近くまで戻れば信吉と合流して江戸へ入る約束もできているという。

「では私も秀忠殿に御目にかかれましょうか」

「ええ、必ずや。かねがね、それがしの母上ならば己にとっても母じゃと申しておられますゆえ」

信吉は優しい子で、兄弟とも仲が良かった。

「信吉殿もさぞ関ヶ原を駆けとうございましたろう。留守居役とは、よくぞ堪えましたね」

「それはまあ、致し方ございませぬ。五男には五男の分がございます」

信吉はついぞ僻んだことがない。屈託のない笑みを浮かべて門の外へ首を伸ばした。

「私など、どうでもよいのです。此度はあくまで秀忠兄上に軍功を上げていただくための布陣。

それを考えれば私とて、堂々、陣の内でございます。なにも卑下することはありませぬ」

見性院は聞いていて清々しかった。信吉は養子に迎えて十年ほどだが、持って生まれた性分か、兄思いの良い武将になった。

だが此度の関ヶ原は戦国を終ういくさだと言われていたから、男ならばどれほど行きたかったことだろう。ましてや信吉は東軍の総大将の子なのだ。

「まこと、家康公は子福者であられることじゃ」

家康は長男の信康こそ織田信長の命で切腹させてしまったが、結城家を継いだ二男の秀康に、跡目の秀忠、そして忠吉、信吉と男子に恵まれ、それぞれに武勇の誉れも高い。

秀忠たち兄弟はともにこの関ヶ原が初陣だったが、留守居役では初陣とは言い難い。これから兄弟で話すことも多いいくさだろうに、人の好い信吉が憐れのような気もした。

「天下分け目で初陣を飾ることができれば、信吉殿もさぞや後々まで愉しい酒が飲めたでしょうに」

「なるほどなあ。年寄りは皆、宴のたびにうるそうございますね」

見性院は信吉と肩をすくめた。

「ですが、やはり母上のお耳には入っておらぬようでございますね」

「何がです」

「秀忠兄上の御事でございます」

見性院は首をかしげた。寸の間、信吉は梅干しでも噛んだような顔をしたが、すぐに笑い飛ばした。

「では忠吉兄上のお話は聞いておられますか」

　それにも見性院は首を振った。

　忠吉は秀忠の同母弟で、二人の母は室町幕府の守護代も務めた名門の生まれである。その点、信吉の母は穴山家の養女として家康の側室に入ったほどだから、身分はあまり高くはなかった。それが信吉を留守居役にさせたのだろうかと、見性院はふと申し訳なさを覚えた。

「私が此度の布陣で知っていることといえば、あなた様が江戸城の守りに就かれたことぐらいですよ」

　たった今、そう聞いたばかりだが、それが関ヶ原の守りに数えられるとは、本人も本気で考えていないのではないか。

　だというのに信吉はわっと手を打って豪快に笑う。

　この気性ばかりは見性院も見習いたいほどだ。秀忠はこの弟にたいそう目をかけているというが、それもうなずける。

　信吉は座敷の中央に胡座を組んで、身を乗り出してきた。

「母上。忠吉兄上はなんと、あの福島正則と先陣争いをなさったそうでございますよ。福島といえば桶屋の小倅から身を起こしたほどの者でございます。それに引けを取らぬとは、やはり忠吉兄上でございますなあ」

　見性院はもう何度目か、また目を細めた。信吉の度量の広さに比べて、己はなんとつまらぬことを思うのか。

「さらに、でござる。兄上は井伊直政ともども逃げる薩摩に追いすがり、かの島津豊久を討ち取られたそうでございます。さすがは我が兄上じゃ！」

信吉は頬を紅潮させて、太刀を斜めに斬り下ろす仕草をした。

「しかも忠吉兄上は美丈夫ゆえなあ。家士からは慕われ、女子にも好かれ、まったく羨ましいかぎりでございます」

信吉はふざけて己の目を横に引っ張り、この腫れぼったい一重とは大違いじゃとむくれてみせた。すると細い目はまさに横一線で、見性院もつい噴き出した。

そのとき外廊下から信吉の遣わしていた使者が顔を覗かせた。

「おお、兄上に御目にかかれたか。どうであった」

「はい。お疲れのご様子もなく、あと一刻ほどでお着きあそばしましょう。ですが」

すると信吉は首を振り、何か、後を遮ったようだった。

使者はそのまま秀忠の軍勢に戻り、見性院たちは一刻より少し前に門の外へ出迎えに立った。

秀忠は東軍の主力三万八千の軍勢を率い、東海道を西上する家康とは別に、中山道から関ヶ原へ向かったのだった。歳は信吉と四つしか違わず、家康は子らにそれぞれ重臣を配し、いくさを指図させてきた。見性院は里の武田家で父子仲が悪かったので、秀忠たちが皆、父の家康を敬っていると聞いたことが今も深く心に残っていた。

「秀忠殿は家康公に似て、よう書を読まれるそうですね。私にも、父上の書が残っておらぬか尋ねてこられたことがございますよ」

「ああ、それがしも、信玄公の書には敵わぬと申されるのを聞いたことがございます」

信吉は尊ぶように見性院を顧みた。有難いことに、徳川家は未だに信玄に一目置いてくれている。

「それがしは父上からも兄上からも、信玄公を見習えとよく言われます。書を読めば信玄公の強さの万分の一が分かると」

「まことに家康公は、わが父をいつまでも忘れずにいてくださり、忝いことじゃ」

見性院が江戸の空へ手を合わせると、信吉は顔をくしゃりとさせた。

「義母上。父上は今はそちらにはおいでになりませんぞ」

「ああ、そうでございましたね」

二人で笑い合って、また街道の先へ向き直った。

耳を澄ましていると街道の西から低い地響きが流れてきた。蹄や鉦の音が少しずつ聞き取れるようになり、やがて軍勢の先頭が見えた。

足軽たちも皆、背が伸びている。いくさの泥もついておらず、隊列の隅々にまで力がみなぎっている。

先頭が行き過ぎるとすぐ、行列の中ほどから騎馬が二騎、こちらへ向かって来た。その後ろを幾人かがあわてて徒で追いかけたので、見性院にも騎馬の一方が秀忠だと分かった。

秀忠は馬上で微笑み、馬を下りて歩いて来た。手綱を預かったもう一人の騎馬武者は、重臣の土井利勝だ。

「見性院、息災であったか。茶を貰うてよいかの」

気軽に見性院のそばに寄ると、信吉には頼もしげに肩を叩いた。

今の時節、中の座敷より外のほうが心地が好い。屋敷には広い庭があるので、見性院は二人をそちらの縁側へ通した。

「此度の大勝利、まことに祝着至極に存じます」

「いや」

秀忠は気難しい顔で、出した湯呑みにさっそく口をつけた。

目を閉じて、しばらく舌で転がすようにしていた。

「おお、生き返るようでございますなあ」

真っ先に頓狂な声を上げたのは、沓脱の横に片膝をついて控えていた利勝だった。

秀忠もむっつりとうなずいた。

「久しぶりに旨い茶であった」

「中山道往還、さぞやお疲れになりましたろう」

「左様じゃの」

秀忠は目をしょぼしょぼさせて茶を啜る。まるで誰かと死に別れたような暗い顔をしている。

「秀忠殿、関ヶ原ではどのような」

「母上、とりあえずいくさの話はよいではありませぬか」

「ですが信吉殿。天下分け目ともなれば女でも聞きとうございますよ。このようなときは又とはございませぬ」

「さすが見性院は、かの信玄公の姫ゆえな」

秀忠は湯呑みを置いた。

「見性院、儂は鉄炮が得意での。関ヶ原では三成の兜、儂こそが撃ち落としてくれると思うておった」

小さく息を吐いて利勝に目をやった。その胸には大切そうに秀忠の鉄炮が携えられている。

「それが、この体たらくよ。結局、撃つこともなかった」

「まあ、それは残念なことでございました」

家康の跡取りともなれば実際にいくさ場を駆け回るわけにもいかない。秀忠の身分はやはり他の弟たちとは重みが違う。

「忠吉様は無理やりお出になりましたゆえなあ」

利勝が得々と語り、見性院もつい身を乗り出した。

「ですがそれは、傅役も気が気ではありませんでしたでしょうね」

「母上」

信吉がたしなめるように割って入った。見性院が顔を上げると、秀忠は自らを嘲るように薄く笑っている。

「秀忠兄上は父上の跡目でございますぞ。敵将の後追いなどをなさるわけにはまいりませぬ」

信吉が声を強め、利勝も大きくうなずいた。

「信吉様の仰せの通りにございます。御大将が自ら鉄炮を撃たれるなど、あってはならぬことじゃ」

だが秀忠はふんと鼻息をついた。

「御大将か。いくさ場にも行かずにな」

「え?」

見性院が聞き返したとき、秀忠は庭につと目を逸らした。

下草に覆われた庭で、見るほどのものは何もない。見性院の足で百歩ほど行けば木々が枝を広げ、その手前に低い柴垣がこしらえてある。この家の者たちは手が空けばその辺りまでは草を抜いているが、垣根もただ猪を防ぐためのものだ。

「あれは楓か」

秀忠が指さしたのはちょうど垣根の上に枝を張り出した大木だった。甲斐育ちの見性院にはさして珍しくもなく、葉が紅くなったときに一、二度そばへ行ったことがあるだけだ。

「植え替えたわけでもなく、元からあれにあったのでございますよ」

「中ててやろうか」

「あてる?」

見性院は秀忠を振り向いた。

「鉄炮ならば雑作もない。中たるかどうかは腕だがな」

そう言うと秀忠は立ち上がった。

秀忠が手を伸ばすと、利勝が黙って鉄炮を差し出した。利勝は燧袋から石を出し、打って即座に火を熾した。

「見ておれ」

利勝が火縄に点じた。

つんと火薬の臭いが漂ったとき、轟音とともに中央の楓に白煙が立ちのぼった。庭先の木立でいっせいに鳥が舞い上がった。

「お見事でございます」

利勝が厳かに言って、見性院はようやく耳から手を離した。

楓の幹の中ほどで白煙が横へ流れている。手前へ張り出した枝の付け根に弾がめり込んで幹がわずかに膨らんでいる。

「まあ、なんと。秀忠殿」

「母上。兄上の鉄炮のお腕前は知れ渡っておるのですよ」

信吉の声も上ずって躍っていた。

「それにしても、どれほど修練なすったのでしょう」

「修練か。好きで励んでまいっただけじゃ。だが肝心の関ヶ原で役に立たず、なんのための精進か」

見性院が信吉を振り返ると、やはり信吉はあわてて顔を背けた。

秀忠は鉄炮を利勝に渡すとまた縁側に腰を下ろした。

「儂は父上から東軍の主力を預かっておった。にもかかわらず信濃で真田の小城に手こずって遅参した。美濃へ入る前に、いくさは終わったと伝令がまいったわ。父上は怒って儂に会うてもくださらなんだ」

「まさか」

見性院は困って信吉を見たが、相変わらず顔を背けている。もしや信吉はそれで秀忠を気遣って出迎えに来たのだろうか。

「儂はなんと不甲斐ない跡取りか。父上は天下に号令なさり、弟たちもまさに粒ぞろいではないか」

「兄上、どうかそのようなことは」

秀忠には兄が二人あり、結城家に養子に入った秀康はまだ存命だった。そのため跡目は秀康ではないかという声が根強くあり、秀忠はなんとしても関ヶ原で名を馳せなければならなかった。

家康の布陣はそんな声を払拭し、秀忠を際立たせるためのものだったのだ。

「信吉とて、儂のせいで留守居役にされたのじゃ。それゆえ儂は江戸が近づくにつれ、足が重うてな」

信吉は眉をひそめて首を振る。だが秀康が上杉の抑えとして宇都宮に置かれたのも、すべては秀忠に最大の手柄を立てさせ、どこからも不服が出ぬようにさせるためだった。

「儂は悔しゅうて詫びのしようもなくて、いっそ腹を切ろうかと思うた。だが父上に釘を刺されたわ。近江でようやくお目通りが叶ったとき、このうえ腹など切って恥をかかせるなと真っ先に仰せになった」

いつまでも会うのを拒んでいれば生真面目で潔癖な秀忠は自刃してしまうかもしれない。それこそ犬死に、これを生涯の戒めにして生きよと家康には突き放されたという。

「関ヶ原はまさに戦国最後の大いくさであった。だというのに儂は、かえって父上の足を引っ張るようなことをして」

「兄上、もうそのようにお考えにならず」

「いいや。もとから儂は父上の跡などを継げる器ではない。結城はともかく、信康兄上さえ生きておられれば」

「秀忠殿……」

見性院も信吉も慰めの言葉が見つからない。

「信吉もさぞ関ヶ原には行きたかったであろう。せめてそなたが儂の代わりに行っておれば」

「いいえ。それがしには兄上のような鉄炮は撃てませぬ。この腕では留守居が精一杯でございました」

「鉄炮一挺が何になろう」

だが真実、秀忠の腕は大したものだ。たかだか一挺でも秀忠が撃てば全軍を鼓舞することができたのだ。

「すまぬな。帰るのが億劫で、つい繰り言が出た」

遅参でなくとも秀忠はもとから関ヶ原を駆けることは許されぬ身だった。この鉄炮もせいぜいが一人を斃すだけだが、秀忠はここまで恥じ入っている。

「まこと、家康公のような御方をお継ぎになるのはお辛いことでございますね」

見性院のつぶやきに信吉もしみじみうなずいた。父信玄の跡を継いだ兄義信のことを、見性院はふと思い出した。

「せめて忠吉と入れ替わっておればな。彼奴とは年子で顔もよう似ておる。このまま跡目をすげ替えることはできぬかのう」

「忠吉兄上とて嫡子になられるのはお厭でございましょう」

忠吉が気の毒だと信吉が茶化したので、秀忠もわずかに微笑んだ。

「忠吉は島津豊久を討ち取りおった。あの島津の飛車角じゃぞ」

「いやいや。あれは舅の井伊直政が手柄を譲ったのでございますぞ」

それまで口を噤んでいた利勝がやおら力強く言った。

だが秀忠は即座に利勝を叱りつけた。

「忠吉ならばさもあろう。彼奴ほど家士から慕われておる者もない」

「それはこのように兄上様をたてられるゆえでございますよ」

見性院がなだめ、信吉もやっきになった。

「兄上も忠吉兄上のことはたいそう好いておられるではございませぬか」

「ああ、そうじゃ。彼奴は儂を不憫じゃと言うてくれる」

見性院は微笑んだ。秀忠を中央にして、この兄弟はみな仲が良い。

「兄上の鉄炮が轟くのを、それがしも関ヶ原で聞いてみとうございました。ですがその代わりならば、兄上はこれからでもおできになりますぞ」

秀忠と利勝がぼんやりと信吉を見返した。

「そうではございませぬか、兄上。もともと兄上がなにゆえ関ヶ原で鉄炮を放たねばならなかったかといえば、まあ、法螺貝のようなもの」

全軍にいくさの始まりを告げる、皆に前へ進む力を与える大将の声の代わりだ。

「鉄炮足軽が敵を撃ち倒したとて、さして士気は上がりませぬ。ですが兄上が一発目で撃ち倒せば、それがたとえ雑兵であろうと、我らがどれほど力を得ますことか」

「それよ。そのために儂は修練したのじゃ。待てるだけ待ち、引きつけて必ずや一発目を命中させる。儂はその一発のために修練を積んだ」

信吉は力強くうなずいた。

「左様にございます。兄上の鉄炮は威を示すためでございます。ならば兄上はお心がけ次第で、この先いくらでも同じことをなされます。いくさ場ならば鉄炮一挺で済みましたものが、これからは鉄炮も用いず、ただ一声のみで」

「信吉……」

「父上も、それがしたちも、どれほどその一発を兄上に撃たせて差し上げたかったことか」

誰にとっても、秀忠の鉄炮一挺はかけがえがなかった。家康も信吉たち弟も、その一発のために秀忠が必死で修練を積んでいることを知っていたからだ。

「兄上のお立場は宿命でございます。ただ、そうとばかり思うておれば人は鈍うなります」

「どういうことだ」

「宿命とのみ思うて励むことを止めれば、その道は諦めに通じてしまいませんか」

ふいに見性院は、武田家が滅んだのは信玄が子らを育て損なったからだと悟った。家康から信吉を養子にもらうとき、見性院はなんと言われたか。それを思えば、武田が徳川に取って代われたはずはなかったのだ。

家康は未だに信玄を惜しみ、その家臣たちを召し抱えてくれる。だが信玄の跡継ぎは一人目の義信のときもその次の勝頼のときも、兄弟のなかで嫡男だけが孤立していた。

見性院にしても、ずっと嫡男だけは特別なものと思ってきた。弟妹といっても主従のようなもので、弟妹の側から兄を助けようと考えたことはなかった。義信や勝頼には、見性院たちはただ従うものだと思っていた。

信玄の子らは家のために嫁いだり娶ったり、甲相駿の中で家を守ることしか考えなかった。兄弟のあいだには不和が育ち、大きな父の跡を継がねばならぬ兄の苦しみなど思いやる者はいなかったのだ。

「武田では、真に鈍かったのは弟妹たちのほうだったかもしれませぬ」

信吉たち弟は、家よりも秀忠その人の苦労を思っている。だが見性院たちにとって義信や勝頼は武田家を守るべき宿命の者で、弟妹が支えるべき兄ではなかった。

見性院たちの間には義信への特別な親しみも愛情もなかった。だから信玄が家を守るために義信を廃嫡したとき、義信のために異を唱えてやる弟妹はいなかった。

宿命だと諦めて、手を貸さなかったのは見性院たちだったのだ。

「どうした、見性院」

「お許しくださいませ。武田が滅んだことを考えておりました。父の跡目は格別の者でございましたゆえ、私は弟妹として助けねばならぬなどとはついぞ思うたことがございませんでした」

まして見性院の夫、穴山信君は勝頼を見限って織田信長に寝返った。

あの寝返りのとき、信君は武田の跡目を見性院の産んだ我が子にするよう願い出て内諾を得ていた。その間、誰が義信や勝頼を弟妹として支えねばならぬなどと考えただろう。

「兄たちの周りは、いつも家士たちが幾重にも取り巻いて」

「それぞれに張り合うておったか」

秀忠の言う通りだった。見性院からは父や兄の姿は家臣たちの奥に隠れてあまりよく見えなかった。

「武田は家臣たちがあまりにも口うるそうございました」

「此奴とて大概じゃ」

秀忠が利勝に顎をしゃくると、利勝は大げさに手で頭を覆ってみせた。

「まあ、武田の家臣は、かの信玄殿が頼りにしておられた面々ゆえな。儂ならきっと一言も差し挟めぬであろう」

秀忠も肩をすくめ、利勝と笑い合った。

「信吉の申す通りじゃ。人の生まれなど宿命であろうな。嘆いても一分も動かぬならば、嘆かぬが勝ちであろう」

どれ、と秀忠が立ち上がって信吉を振り返った。

「信吉、見てやるゆえ鉄炮を撃ってみよ」

「それはしかし。それがし、まことに不調法でございます」

「儂が構えを直してやる」

信吉が嬉(うれ)しそうに並ぶと、利勝が鉄炮を持たせた。

秀忠は自ら火だねを点じ、肩に覆いかぶさるようにして信吉の構えを整えた。

「よし。そのまま放て」

信吉は目をすがめて、秀忠と同じ楓めがけて鉄炮を放った。

だが放った瞬間、筒が大きく傾き、弾は垣根の手前の土にめり込んだ。

「……擦(かす)るぐらいは飛んでもよいではないか」

「ふむ。これはたしかに儂のほうがはるかに上手のようじゃ」

憮然(ぶぜん)として信吉は応えず、見性院は笑いが漏れた。

「秀忠殿が関ヶ原で鉄炮を撃っておられましたら、さぞや得意であられましたでしょう」

「おお、確かに。いつまでも旨い酒が飲めたであろうがな。今も酒が入れば、年寄りどもはいくさの自慢ばかりじゃ」

「では秀忠殿が関ヶ原に間に合わなかったことは、徳川にとっては良かったかもしれませぬ」

秀忠が得意になっていれば家臣たちはいつまでも関ヶ原の話ばかりしただろう。そうならぬように神仏が秀忠に一本の棘を恵んでいったのだ。

「しかしそれではお辛いのはただ秀忠兄上お一人でございますが」

信吉はそれさえも秀忠のために案じている。

「ですがそのぶん、良い声がお出しになれましょう」

「見性院の申す通りじゃの」

秀忠は微笑んで立ち上がった。

「いつか見性院には儂の子も育ててほしいほどじゃ」

「まあ、滅相もございませぬ」

「そのときはただ、兄弟仲良うにな」

信吉は嬉しそうに頬を輝かせ、秀忠の後について屋敷の門を出て行った。

二

「まさか上様にお運びいただきますとは、屋敷の者一同、畏れおののくばかりでございます」

慶長十八年（一六一三）春、田安門脇の比丘尼屋敷はとつぜん大勢の侍たちに取り巻かれ、七十歳も間近という見性院もさすがに膝頭がふるえた。

いくら江戸城内にあるとはいえ、比丘尼屋敷はほとんど男手もなく、質素な侘び寺の趣にしつらえられている。そこへ前触れもなく将軍秀忠がやって来たのである。

形ばかりの小さな門の前にはずらりと供侍が並び、秀忠だけが輿を降りて中へ入って来た。

「見性院、そなたが申しても軽口にしか聞こえぬぞ。ああ、構わぬ。茶菓など城へ帰れば山とある」

秀忠は逞しい手のひらを振って、侍女を急かした見性院を止めた。縁側から座敷へ入ると、上座にどっかりと腰を下ろして胡座を組んだ。

「久しいことじゃ、見性院。あの折は厄介をかけた」

「畏れながら、なんと押し出しが増されたことか。もう将軍におなりあそばして八年でございますか。天下分け目の折を思い出すと涙がこぼれてまいります」

半分はからかって、見性院は秀忠と笑い合った。前に秀忠と対面したのは関ヶ原の直後、まだ見性院が八王子で百姓家に暮らしていたときだ。

「見性院は相変わらず泰然としておることじゃ。儂も見習わねばならぬな。しっかりせいと尻を叩かれておるばかりではの。まあしかし、信玄公にじかにお叱りを受けるよりはましかもしれぬ」

「ですが巷間、じきに大いくさじゃと申すようでございます。上様はさぞお忙しゅうございましょう」

「まあな。それゆえ幸松丸のことでは厄介をかける」

秀忠は真顔に戻って言った。やはりそれが気がかりでやって来たようだ。

幸松丸は三歳になる秀忠の三男だが、生母の静は側室にも挙げられていなかった。それというのも御台所の江与がたいそうな悋気だそうで、出生が露見すれば逆に命が危ういと重臣たちがひた隠しにしたからだった。

この三年、誕生を秘されてきた幸松丸だが、静の里では何かと心許ないというので見性院が引き取ることになった。できれば信玄のような武将になれと、家康が計らったのである。

「家康公には私がご厄介をかけるのみならず、武田の旧臣を数多く仕官させていただいております。その家康公のお声がけとあらば、私は労など厭いませぬ」

ちらりと当てこすると、秀忠はあわてて横を向いた。

秀忠は父として幸松丸を顧みもせず、これまでずっと打ち捨ててきた。今、この座敷の奥間で寝入っている幸松丸は、本来ならば、たとえ御台所でも女が口を挟めるはずのない高貴な生まれである。

だというのに将軍たる父が正室を憚るなどと、秀忠のしていることは男の風上にも置けない。

「徳川が武田の旧臣を召し抱えておるのは、信玄公が稀有な武将であられたゆえじゃ。ましてや父上は信君殿によって命拾いもなされた」

「あれは夫の持って生まれた武運でございました。家康公がそのように言うてくださる有難さ、身に染みております」

秀忠と向き合っていると責める気もなくなってきた。家康の跡を襲う二代将軍など荷が重いに違いないが、秀忠はただでも関ヶ原に遅参した引け目に今も苦しんでいる。

しかもその家康が老い、秀忠には大坂の豊臣家という難題が差し迫っていた。

「加賀の前田利長公もお体がすぐれぬそうでございますね」

「ああ。皆、歳を取ったわ。だというに大坂は頑なでの。利長がみまかれば、徳川と豊臣を取り持つ者はなくなるぞ」

秀忠は胡座に肘を立てて深いため息をついた。両家の仲を取り持つというよりは、豊臣家を庇ってやれる者ということだ。

江戸からすれば三代将軍は秀忠の嫡男に決まっているが、大坂ではこのところ、次こそ秀吉の子の秀頼だと囁かれているという。それなら幕府はいくさにして豊臣を潰すまでだが、秀頼の母は江与の姉淀君であり、御台所は秀忠と江与の姫である。

「上様は大坂のことではご心労が尽きませぬな」

「左様……。秀頼殿はともかく、なんとしても淀君だけは救わねばならぬ」

秀頼に嫁いだ千姫の身は言うまでもないが、いくさとなれば御台所は返されて来るだろう。

そっと秀忠の横顔を窺うと、意外にも笑みが浮かんでいた。

「見性院。京の方広寺がな、ついに大仏まで仕上がったそうじゃ」

「まあ、それは祝着にございます」

かつて秀吉が造営し、慶長の大地震のときに大仏が倒壊した寺だ。五年前から秀頼が再建に取りかかり、徳川家も寄進している。

「淀の御方も、これでもう気がお済みになるのではございませんか」

「そうじゃ、いい加減に張り合うのも止めていただかねばの」

今の徳川と豊臣の対立はひとえに淀君の執着による。いまだに淀君が、豊臣こそ天下人だと考えているからだ。

「見性院、あれは豪勢な寺になるぞ。金の大仏にな、あとはそれに相応しい殿舎と梵鐘を添えればよい」

秀忠は満足そうに腕組みをした。せいぜい豊臣にはその威光を満天下に知らしめる寺を抱えさせ、財を誇って一大名として栄えさせればいい。豊臣は大事な千姫の嫁ぎ先でもあるから、互いに事を構えるようなことにはしたくない。

「方広寺で太閤殿下のご遺徳を偲んでな、それで淀君が大人しゅうなれば文句はないわ」

「秀頼様より、淀の御方でございますか」

「なにせ江与の姉君ゆえの」

秀忠は苦笑した。将軍に手を焼かせている二人の女が姉妹というのも因縁だ。

「淀の御方もいくさの恐ろしさは知っておられましょう。まさか徳川にいつまでも向こうを張っておられるはずはございませぬ」

淀たちは一度目は父の浅井長政が滅ぶとき母に伴われて脱出し、二度目の北ノ庄落城では三姉妹だけで落ち延びた。幼いとき二度も父母の城が落ち、女の身で今も己で城を守っているというのは稀有なことだろう。

「北ノ庄の城を出るとき、淀君は自らの袖で江与を火の粉から庇うてくだされたというからな」

ぽつりと秀忠は言った。

「戦国をくぐり抜けた者には、兄姉の有難み、なにものにも代えられぬわ」

だが武田のように、戦国の武家にはそうでないきょうだいも多かった。秀忠や江与のほうがむしろ珍しいかもしれない。

「秀頼殿は儂と違うて、兄弟がおられぬゆえ不憫じゃの」

秀忠は心底、弟妹が好きだった。だが見性院は多くのきょうだいを持ったが、思い出すのも辛い別れをした者が大半だ。

いくさで大切な者を失う世はまだ続くのだろうか。徳川と豊臣がいくさをせず、関ヶ原が終いにならないだろうか。

「さて」

秀忠が軽く伸びをした。

「幸松丸のことは、豊臣にかたが付けば江与にも話すつもりじゃ」

「まことでございますか」

「ああ、考えておる。兄弟の大切さ、江与ならば分かるであろう。将軍職の兄弟ともなれば尚更じゃ」

見性院はしみじみうなずいた。幸松丸の長兄はいずれ次の将軍になる。

「そのためにも儂は、なんとしても淀君だけは江与に返さねばならぬ。江与から姉を奪うて、竹千代に今一人の弟とは申しにくいゆえな」

そのとき奥座敷から幸松丸の小さな泣き声が漏れてきた。

秀忠はしばらく襖(ふすま)を透かすように見つめていたが、膝に手を突いて立ち上がった。

「見性院」

「はい」

「信吉がみまかった折は、顔も出せずにすまなかった」

「勿体(もったい)ない仰せにございます。泉下で信吉殿もどれほど喜んでおられますことか」

信吉は関ヶ原から三年後、二十歳過ぎの若さで亡くなった。武田家の再興が成り、見性院が喜んだのも束(つか)の間のことだった。

「信吉は見性院が手塩にかけたゆえであろうかな。剛毅(ごうき)で、弱い者をよう労(いたわ)ってやる大きな器量を持っておったの。鉄炮のかわりに一声で威を示せと、儂は今でもあの言葉だけは忘れぬ」

見性院は声もなく涙がこぼれた。

穴山家を継がせた我が子が死に、途方に暮れていたときに家康から譲られた大切な跡継ぎだった。先行きに光明が見出(みいだ)せず、うずくまっていたら信吉という大きな松明(たいまつ)が現れた。それがまた心の清い、こちらのほうが教わることの多い子だったので、見性院はそれまでの己の不運も神仏の導きだったと思えるようになったのだ。

武田が滅び、穴山が絶え、兄弟姉妹が次々に不仕合わせになるのを眺めているしかない歳月だった。甲斐の名門だった武田家はいつからか家自体が生き物になり、ただでは滅びぬとばかりに最期(さいご)は暴れ狂った。その烈(はげ)しい渦に信玄の子らは一人残らず巻き込まれ、見性院はそれを見るためだけに生かされていたようなものだ。

　廊下を歩いて行く秀忠の後ろ姿は信吉とよく似ていた。周りから将軍と崇(あが)められ、この背はどれほどの荷を負っているのだろう。もしも信吉が生きていれば、どんなに懸命に支えようとしただろう。

「見性院」

　門のそばで秀忠が振り返った。

「くれぐれも幸松丸を頼んだぞ」

「はい。幸松殿を使って武田家再興などと囁かれる前に、しかるべき先をお探しいたします」

　見性院が委細承知だと微笑むと、秀忠も頬をゆるめた。

「儂もな。豊臣のことさえ落ち着けば、必ず対面する」

「忝い仰せにございます。方広寺の再建が成れば、それも叶いましょう」

　秀忠は嬉しそうにうなずいた。

「ところで見性院は、静の願文のことを聞いておるか」

「静殿の」

　見性院は奥座敷の幸松丸を思った。あの一度きりで、もう声はしない。

「幸松の安産祈願に、さる寺に願文(がんもん)をしたためたというのはまことかの」

　しばし互いに顔を読み合った。

「どこの寺か、お尋ねにならぬと誓(ちこ)うてくださいますか」

「ああ、誓おう」

その願文は身ごもった静が自ら奉納した。赤児が無事に生まれ、男子ならば運を開き、大願成就するようにとしたためたという。

——もしもこの大願を成就させてくださいましたなら、ここでお誓い申し上げることは必ずその通りにいたします。

だがその大願とは何なのか、引き換えに何を誓ったのか、見性院は聞かなかったし、静も言わなかった。心願など問い質すものでもないが、聞かなくても分かると見性院も思ったからだ。

「なるほどな。見性院は尋ねなかったか」

「はい。お信じくださいますならば」

秀忠はうなずいた。だが輿に手をかけたとき、ぽつりとつぶやいた。

「案ぜずとも幸松丸にはいずれ高禄を授かろうに」

「上様。静殿は恙のう生まれてほしいとまっさきに願うておられたのでございますよ。そのようなお母君が、禄など望んでおられるとお思いですか」

ましてや静は、腹の赤児ごと殺されかねぬ日々だったのだ。母ならば、秀忠が将軍などでなければと幾度思ったことだろう。

「静殿が幸松殿に、特別の高禄を願われたはずはございませぬ」

「見性院……」

「私がお預かりするからには、並の立身出世を望むような御子には育てませぬぞ」

自然と声が厳しくなった。

「家康公はかつて私に信吉殿を託してくださいました。穴山武田家の再興だけならば、他の男子でもいっこう構わなかったのでございますよ」

信吉を授かったとき見性院が心がけたことを、家康は成長した信吉の中に見出し、幸松丸のことも託してくれたのに決まっている。だから見性院には、家康が幸松丸に望んでいることが分かる。

秀忠は瞑目(めいもく)した。

「有難いことじゃ。ならば幸松丸も、信吉のように育ててくれるのかの」

「申すまでもございませぬ。母君が神仏に願かけをなさるならば、神仏が憐れみをかけてくださる願いでなければなりませぬ」

寸の間、秀忠の目が潤んでみえた。

「もうどこへ行っても、信吉には会えぬのじゃな」

秀忠は田安門を見上げ、最後に見性院の屋敷の屋根を振り仰いだ。そこに信吉はいないが、代わりになり得る幸松丸がいる。

「あの鉄炮は大切に置いてございます」

「ここでは撃つことも叶わぬ」

「広いとは申せ、御城内でございますから」

前に秀忠が訪れたときは見性院は鄙(ひな)に暮らし、鉄炮の的にできるものはいくらもあった。

あれから家康は幕府を開き、秀忠も無事、将軍職を譲られた。眼前に豊臣のことがあるからか、それとも真実、秀忠が関ヶ原に遅れたからか、幕府では酒宴でも調子に乗って関ヶ原の手柄を語る者はないという。

秀忠は輿に乗り込んだ。

「あの鉄炮、見性院からいつか幸松丸に渡してやってくれるかの」

「御心のままに致します。その折はいかに上様が信吉殿に御心をかけてくだされたか、必ずやお伝えいたします」

「……忝いことじゃの」

秀忠が前を向いてうなずくと、輿は静かに出立した。

三

見性院のもとにその日は朝から来客があった。先年、高遠藩保科家に養子に入った幸松丸である。

幸松丸は今年十二になる。見性院が預かったのはほんの数年だったが、久しぶりに江戸へ来たので顔を見せてくれたのだ。

「ほんにご立派になられましたこと。良い目をしておられます。実直で清廉なお人柄が伝わってまいりますよ」

歳のせいか、見性院は己がすっかり涙もろくなっているのに驚いた。短くとも母代わりだったと思いつつ、目の前の凛々（りり）しい顔を眺めていると、懐かしい姿が浮かんでは消えていった。江戸城田安門内のこの屋敷で幼い幸松丸を匿（かくま）うようにして育てていたのはもう十年近く前だろうか。よくぞ今まで大過なく、保科家三万石の跡目にまで上りつめたものである。

とはいえ見性院は信玄の血のせいか、生来、勝ち気である。保科家との縁組に感謝はあるが、満足とまでは言い難かった。

幸松丸の兄たちはそろって正室の子だが、長兄の家光（いえみつ）は将軍継嗣、次兄の忠長（ただなが）はすでに甲府（こうふ）二十四万石の藩主だった。それに比べれば幸松丸など、まだようやく出世の門口に立ったばかりだ。

「それで、秀忠公への拝謁はどうなりました。将軍家とは申せ、幸松殿にとっては実の父君様じゃ。本来、遠慮はいらぬ」

いちばん気にかかっていることを尋ねると、やはり幸松丸は小さく首を振った。幸松丸は己からしゃしゃり出るところはないが、それにしてもいまだに対面すら叶わないとはどういうことだろう。

「将軍家もお労（いたわ）しいことじゃ。さぞお会いになりたかろうに、ようも毎度、江与の御方を憚られて」

見性院は肩を落とした。一度でも幸松丸に会えば、どれほど人柄に申し分がなく聡明（そうめい）か、あっさり伝わろうというものだ。血筋からいってもこれほどの人物は他に見出しようもないのに、秀忠はいつまで幸松丸を高遠藩三万石などに捨て置くつもりなのか。

前に見性院が会ったとき、秀忠は大坂に決着がつけば幸松丸にも会うと言っていた。そして実際、豊臣はいくさで滅び、秀忠はもはや煩わされることもなくなった。大坂の夏の陣からすでに七年だから、幸松丸について真剣に考えてもいいはずなのだ。

「人の世はまこと、何が災いするか分かりませぬな」

この同じ座敷で、秀忠とは方広寺がじきに再建されると話して喜んだものだった。そうなれば淀君の傲慢も収まり、徳川と豊臣は誼(よしみ)を強めることができるだろう。江与の方はふたたび姉妹親しく行き来をし、家光に幸松丸という弟がいることも喜ぶに違いない。だから幸松丸は拝謁が叶うのはもちろん、家光たちとも兄弟の交わりができる――

ところが徳川と豊臣は方広寺が因(もと)でいくさになり、江与の方は姉を失った。多分そのせいで秀忠は幸松丸のことを言い出しかねているのだろう。

「またも空振りとは、正光(まさみつ)殿は何と申しておられました」

幸松丸を養子に迎えた、保科家の当主である。

「何も仰せにはなりませんでした。それがしも、拝謁は叶わぬのが当たり前と弁(わきま)えております」

正光はもとは信玄の家臣で、武田家が滅んで見性院が明日をも知れぬ身になったとき、さまざまに心を砕いてくれたものだった。だから見性院も信頼して幸松丸を託したのだが、人柄は良くても家禄が低い。

だが幸松丸はそんな見性院にかえって気を遣っているようだ。

「見性院様。父上もそれがしも、気落ちすること自体、畏れ多いと思うております」

「あなた様もそうですが、正光殿は昔からご気性が変わられぬこと」

正光は万事控えめで、神仏がすべて上手く計らいたまうと悠然と構えているところがある。

だいたい確かに幸松丸は将軍の子には違いないが、保科家の中では藩主正光の跡目にすぎない。だというのに幸松丸を奉るあまり、まだ十二の少年のほうを上段に座らせようとして、それを幸松丸は幸松丸で、下段にしがみついて動かない。周囲にもその譲り合いが真からだと伝わるので、今では高遠藩は上から下まで謙遜な家中だと評判を取るまでになっている。

そうして正光はもう早々と幸松丸を跡目にすると遺言を書いてしまった。血はつながらないが互いに篤実で温和な質だったせいか、実の父子よりも仲睦まじいのである。

「秀忠公もまた、義理堅い御方ゆえな。いつまでも御台様を憚られるのも分からぬではないが」

亡き先代家康も律儀として知られていたが、秀忠がそれに輪をかけた質なのは幸松丸にとっては災いでしかない。徳川譜代の古老たちがこれまで幾度も父子の対面を画策してきたのに、秀忠自身が首を縦に振らないのだ。

「拝謁の機会はそのうちまたありましょう。ですが私も七十八。生きているうちに良い知らせを聞きたいものじゃ」

「見性院様は何を仰せになられるのですか」

幸松丸はあわてて、見性院の寿命を気遣って首を振る。だがこれほど心根がまっすぐな聡い子もないから、見性院はその先行きに大きな望みをかけている。

「将軍家もこのままにはなさいますまい。挫けてはなりませんよ」

「いえ、それがしは拝謁など願っておりませぬ。ですが母上がまた落嘆なさると思うと心苦しゅうてなりませぬ。それがしが案じているのは、それだけでございます」

「ああ、静殿が。それは落嘆なさるのも無理はない。どうです、息災にしておられますか」

そう言うとようやく幸松丸も少年らしく顔をほころばせた。

「高遠では父上がそれはようしてくださいますゆえ。城内に新しく屋形を建てていただき、たいそう気に入って暮らしております」

見性院にも幸松丸の喜びは伝わってきた。静は江戸にいるあいだ落ち着かない日々が続き、江与の方を憚って幸松丸と離れて暮らしていたときも長かった。見性院のもとでも時折しか会うことができなかったのだ。

「見性院様には一つお伺いしてもよろしいでしょうか」

「ええ、なんなりと」

幸松丸はわずかに姿勢を正した。

「女というものは、一度か二度会っただけの、ほとんど口を利いたこともない相手の子を身ごもって平気なのでしょうか。また、それが生まれれば、己の身よりも大切にすることができるのでしょうか」

幼さの残る顔で、どきりとすることを尋ねてきた。

「母上はそれがしを身ごもったとき、命を狙われたと聞きました。ただでさえ子を産むのは命がけというのに、暗殺にまで怯えて、なにゆえそれがしを産んだのでしょう。やはり将軍家の子は誉れだからでしょうか」

「幸松殿は母君のお慈しみを疑っておいでですか」

「いえ、それは」

幸松丸は即座に頭を振った。いくら聡いといっても、まだあどけなかった。

「もちろん母上の御心に不足はございませぬ。ですが母上はそれがしを産むとき、さる寺で願掛けをしたと」

「ああ……」

そのことならば知っている。腹の子が男であるように、そして恙なく育ち、運が開けるようにと静は願を立てた。

「母上は、いつか大願成就した暁には自らの命を引き換えにすると神仏に誓われたとか」

「どうしてそれを」

「いえ、ほんの偶然に」

「土井利勝殿に聞かれたのではありませんか」

幸松丸が目尻を下げたので、見性院も苦笑した。昔から利勝は不用意なことを言うが、そういえば見性院が鴨(かも)の話を聞いたのも利勝からだ。

「まったく利勝殿は困った御方だが、あの人の好(よ)さは神仏の賜(たまもの)ゆえな。まあ、それはそれじゃ」

「はい、忝うございます」

「静殿は将軍家の御子を宿されるほどの御方です。心願とあらば命と引き換えになさるのも不思議はございませぬ」

江与の方に見つかれば母子ともどもどうなったかは分からないのだから、そのくらいの覚悟はするだろう。だから神仏も憐れんで、幸松丸のような見事な子を授けたのだ。

「見性院様。母上が命と引き換えにされた大願とは何だったのでしょう」

幸松丸の目は困ったように宙をさまよった。心当たりがあるようだ。

「幸松殿は何だとお思いになっているのです」

「はい……。母上の大願とは、それがしが上様に拝謁が叶うことではないでしょうか」

見性院は驚いた。いくら相手が将軍とはいえ、子が父に見(まみ)えることが母の命がけの嘆願だというのだろうか。

「まさかそのようなことではございますまい。もちろん拝謁のことは正光殿も私も、皆が願うておりますが、会えなければ会えなかったときのこと。幸松殿のように万事控えめな御方の母君が、そのようなことに執着なさるはずがございませぬ」

「ですが母とは、何より子の幸いを願うものなのでございましょう。ならばもしも拝謁が叶えば、それがしの母は喜んで死ぬのではありませんか。いえ、それならばまだましかもしれませぬ」

そのとき見性院は得心がいった。だから幸松丸は拝謁できなかったことにむしろ安堵(あんど)しているのだ。

「上様への拝謁、さもなければそれがしの身に、あまりにも大それた願いを……」

「それは考え違いでございますよ。いくら将軍家でも、あなた様はその御子です。命と引き換えにしてまで拝謁を願わねばならぬ筋ではございませぬ」

「だとすると、やはり」

幸松丸はみるみる顔を曇らせた。

「ご安心なさいませ。静殿は幸松殿に高禄を望まれたのでも、あわよくば世継ぎになどと考えられたのでもありません」

「そのような。滅相もございません」

幸松丸は思わず飛び退って畳に額をこすりつけた。

だがこの幸松丸は格別の生まれだ。なにもここまで卑下することはない。

「静殿の命がけの心願といえば、私はただ一つだと思います」

だがそれはとてつもなく大きな願いでもある。

「幸松殿は、私が前に家康公の御子を養子にしていたことをご存じでしょうか」

幸松丸はうなずいた。

「武田信吉様でございますね。見性院様が御子を亡くされたので、家康公が武田家の跡継ぎにくださったのだと伺いました」

さすがに幸松丸は正確に知っていた。

「信吉殿は次の将軍の弟君でございました。それは、幸松殿と同じお立場でございましょう」

信吉を養子にもらったとき家康が見性院に言ったのは、武田家再興もさることながら、外から秀忠の役に立つ子にしてほしいということだった。

　この世で将軍はただ一人。そのただ一人の御役に就く兄を、信吉たちは臣下ながらも弟として支える。

「私のような者でも、信吉殿をいただいたときは、立派な弟君に育てられなければ死ぬと覚悟したのですよ」

　信吉には父との対面を案じる必要はなかったが、そもそも父に会えなかったところでどうということもない。これからの生い先を考えれば、将軍の子としてより弟として生きていく日のほうが長い。

「秀忠公はそれは信吉殿にも目をかけてくださいました。亡き信吉殿も、関ヶ原の折には家康公にお叱りを受けてまで出迎えに行かれたほど兄君をお慕いになっておられた」

　幸松丸がつと顔を上げた。

　見性院は微笑んで、幸松丸を促して立ち上がった。

　奥の襖を開くと、続きの間は日の差さぬ六畳間だった。畳床も床柱もないがらんどうの正面に、錠前の付いた塗の長持だけが置いてある。

「ここは、それがしも入ったことがないような」

　見性院は笑ってうなずいた。秀忠から預かった鉄炮を置くためだけの座敷だった。

「鉄炮の間……」

　見性院は懐から裂の小袋を取り出した。錠前の鍵を入れたもので、これまで一日たりとも手元から離したことはない。

「秀忠公はたいそうな鉄炮上手でございました。関ヶ原からお戻りになったとき、私も撃って見せていただきました」

途端に幸松丸が目を輝かせた。ああきっとこんな日常の父の話を聞きたいだけなのだと見性院は思った。

江戸城が今の壮麗な姿になったあと、秀忠の二男の忠長が御壕で鴨を撃ち落としたことがあった。もとから秀忠は嫡男の家光より忠長のほうを気に入っていると言われていたが、実際に鉄炮の腕は忠長のほうが上だったようだ。

忠長はちょうど今の幸松丸ほどの歳だった。鳥を撃つのは難しく、その顛末を語って聞かせた利勝などは、己よりも忠長のほうがずっと巧みだと有頂天になって話した。

――いかに忠長様が抜きん出たお腕前か、お見せしとうござった。犬走を巧みに腹ばいで進み、壕曲がりの陰に集っておったところを、見事一発で片付けなさいましてなあ。

利勝はすでに白髭をたくわえた年寄りになっていたが、面白おかしく語りたがる癖は相変わらずだった。それでも見性院は楽しくて、その折の銃声を聞き逃したのが悔やまれると、笑って相槌を打ったものだ。

――ですがのう、尼殿。儂はそれを上様の前でもやってしまいましてのう。

突然うなだれたと思うと声は小さくなり、ついには利勝は涙さえ浮かべた。

「忠長様が夢中になって鴨を追いかけ、最後は西之御丸で仕留めたと話したせいで、秀忠公はたいそう忠長様をお叱りになられたそうじゃ」

「それはまた。なにゆえでございますか」

「西之御丸はお世継ぎ様の城。そこへ向けて鉄炮を放つとは、兄に鉄炮を向けたようなものじゃと仰せになった。腕前など、一言もお誉めにならなかったそうな」

見性院はそこまで話すと長持を開け、中から黒繻子の袋を取り出した。関ヶ原の帰り道、秀忠が置いていった鉄炮にあわせて見性院がこしらえたものだ。

——鉄炮はな、忠長。そのようなことのために使うものではない。

江戸城で忠長を諭したとき、秀忠はそう言ったという。

「鉄炮で斃せるのはせいぜいが一人。法螺貝のかわりでなければ撃ってはならぬと」

今は亡き信吉が、兄を諭した言葉だ。それを秀忠は正真ずっと大切にしていてくれた。

幸松丸は差し出されるままに鉄炮を受け取った。

「兄君様が自らの言葉をずっと忘れずにいてくださったとは、信吉殿もこの世に生まれてきた甲斐がございましたろう」

鉄炮一挺で関ヶ原で会心の働きをするよりも、将軍となった秀忠にはしなければならないことがある。それは一生、秀忠が将軍であるかぎり続く。

「幸松殿が兄君様と仲睦まじくできますように。あなた様が家光様のお役に立つ弟君に成長なさいますように。静殿の心願と申せば、それしか考えられぬではありませんか」

幸松丸は拍子抜けしたように尻餅をついた。やがてその目から涙が溢れだした。

見性院が田安門まで幸松丸を送って出ると、日は中天に昇っていた。幸松丸は手庇をたてて空を仰ぎ、こちらを向いたときは少年らしい笑みを浮かべていた。

幸松丸は袋に入った鉄炮を抱いていた。十二の幸松丸にはまだ筒が長いが、じきに背も伸びる。だが見性院はその幸松丸の姿を見ることができるだろうか。

「それがしのような者が、いただいて構わぬのでしょうか」

「鉄炮一挺。秀忠公のお心は伝わりましたか」

幸松丸は唇を引き結んでうなずいた。

「いつか幸松殿に渡してほしいと、秀忠公じきじきに頼まれておりました。私は今日の日を待っていたのですよ」

「……この鉄炮はそれがしなどよりずっと長く、上様の傍らで過ごしたのですね」

「なにしろ関ヶ原にまでともに行ったのでございますから」

徳川が天下取りをするときに秀忠がずっと携えていた鉄炮だ。

見性院は心底、幸松丸が愛おしかった。もう八十も迫り、己もいつまで生きていられるか分からない。今日会うことができて、鉄炮を渡すことができて、肩の荷が下りたようだ。

「それがしはもはや決して母上を疑いませぬ」

「ええ、思い違いをしてはなりませぬ」

静が命と引き換えにしてまで願ったのは父子の対面などではない。幸松丸が無事に生い立ち、いつか将軍に就いた兄が、家臣としても弟としても格別に頼りにできる武将になることだ。

「家光様、忠長様も励んでおられましょう。幸松殿も食らいついてゆかねばなりませぬぞ」

「はい。二度と僻んだことは申しませぬ」

見性院は目を細めた。この幸松丸が何を僻んだりするものか。

「将軍家は他のどこにもまして長幼は厳しゅう心がけねばなりませぬ。かと申して弟が遠慮するばかりで助けなければ、兄君の荷は肩に食い込むばかりです」

孤独に死なせてしまった武田家の兄たちを、見性院はどうしても思い出す。

「そもそもは家康公が、それは目端の利く、お慈しみ深い御方であった。それゆえ秀忠公も多分にそうであろう」

見性院の夫は本能寺の変の後、家康とともに伊賀越えで国へ帰ろうとし、道中で分かれたために家康と間違われて討ち取られた。それで家康は見性院に格別の気配りをしてきてくれたが、それは変の直後から始まった。まだ信長の死で世が騒然としていたときに、家康は見性院のもとへ家士を遣わして城を守らせてくれたのだ。

あのときの恩ばかりは見性院も忘れることはできない。信君が真実、家康の身代わりになったのだとしても、それを補ってあまりある助けを家康はしてくれた。

「そのような家康公の跡を継がねばならぬのは、秀忠公もお辛いであろう」

「きっと家光様も同じようにお考えになる日が来るのでございますね」

見性院は微笑んだ。幸松丸は打てば響く、聡い子だ。

「それゆえ私は、信吉殿から家康公に恩を返してもらうつもりであった」

それには信吉が秀忠の役に立つことこそ肝要だった。弟である信吉にしかそれはできなかったからだ。

だとすれば見性院は類いまれな強運だったかもしれない。家康への恩は信吉が返してくれ、秀忠への恩は、この先きっと幸松丸が返してくれる。

「母上の心願は、それがしが家光様のお役に立てる立派な武将になることだったのでございますね」

静の心願は神仏のほかには聞いた者はない。だが見性院は、今は幸松丸とともにそう確信している。

「静殿にくれぐれも宜しゅうお伝えくだされませ。あの方はとてものこと、立派な弟になれなどと己から口になさることはできませぬ」

静はきっと願うだけでも不遜だと思っているだろう。だから誰にも言わず、神仏にだけ命と引き換えに願ったのだ。

「幸松殿にはどうぞ、いよいよお励みを」

幸松丸は嬉しそうに鉄炮を抱き、心なしか頬を赤らめた。

「それがしは今日、かえって欲が出てまいりました。いつか上様にも拝謁しとう存じます」

年相応の潑剌(はつらつ)とした笑顔が良かった。幸松丸は来たときとがらりと顔が変わってみえた。

「見性院様。どうかお元気でいてくださいませ。上様に拝謁が叶うまで、それがしは幾度でも江戸へまいります」

「ああ、その心がけじゃ」

幸松丸は澄んだ目を輝かせた。

そのときの幸松丸の笑みを、見性院は半年後に就いた病床で、幾度も繰り返し思い浮かべた。幸松丸とはこの十二のときが最後になったが、見性院には生い立ったその姿が見えるような気がしていた。

初出

「動かざる」　小説宝石2018年7月号
「残る幸」　小説宝石2019年9月号
「春の国」　小説宝石2018年10月号
「如春様」　小説宝石2019年1月号
「天下取」　小説宝石2018年4月号
「鉄炮一挺」　小説宝石2019年11月号

村木嵐（むらき・らん）

1967年京都市生まれ。京都大学法学部卒業。会社勤務を経て'95年より司馬遼太郎家の家事手伝いとなり、夫人である福田みどり氏の個人秘書を務めた。2010年、『マルガリータ』で第17回松本清張賞を受賞し、デビュー。主な著書に『地上の星』『火狐 八丁堀捕物始末』『島津の空 帰る雁』『頂上至極』『やまと錦』『夏の坂道』など。

天下取（てんかとり）

2020年3月30日　初版1刷発行

著　者　村木嵐（むらきらん）
発行者　鈴木広和
発行所　株式会社 光文社
〒112-8011　東京都文京区音羽1-16-6
電話　編　集　部　03-5395-8254
　　　書籍販売部　03-5395-8116
　　　業　務　部　03-5395-8125
URL　光　文　社　https://www.kobunsha.com/

組　版　萩原印刷
印刷所　新藤慶昌堂
製本所　榎本製本

落丁・乱丁本は業務部へご連絡くだされば、お取り替えいたします。

ISBN978-4-334-91340-3